CORNELIUS

Buscaba venganza. Encontró redención.

CORNELIUS

BUSCABA VENGANZA. ENCONTRÓ REDENCIÓN.

Una novela

EMANUEL ELIZONDO

B&H
ESPAÑOL
NASHVILLE, TN

Cornelius: Buscaba venganza. Encontró redención.

B&H Publishing Group
Nashville, TN 37234

Diseño de portada: B&H Español

Director editorial: Giancarlo Montemayor
Editor de proyectos: Joel Rosario
Coordinadora de proyectos: Cristina O'Shee

Clasificación Decimal Dewey: F
Clasifíquese: REDENCIÓN—FICCIÓN / FICCIÓN HISTÓRICA /
FICCIÓN BÍBLICA

ISBN: 978-1-0877-5813-8

Impreso en EE. UU.
1 2 3 4 5 * 25 24 23 22

Prólogo.

Jerusalén. Provincia de Judaea.
33 d. C.

Cuando el cielo repentinamente se tornó negro a medio día, supo que algo andaba mal.

Cornelius se acercó a Servius, su *optio centuriae*, es decir, el segundo al mando de la legión, y su mejor amigo.

Servius dijo:

—Mal presagio, mal presagio. —Miraba el cielo. De la nada habían surgido nubes negras que cubrían el firmamento—. Estas nubes no son de lluvia. Algún dios está muy enojado.

Cornelius, centurión y comandante de la compañía, no podía quitar su vista del crucificado. Había algo en él. Algo extraño que lo ponía nervioso. No estaba seguro de qué, pero probablemente tenía que ver con su mirada. La forma en que veía a las personas a su alrededor. Con... ¿acaso era compasión?

Antonio Cornelius Tadius, nacido en Macedonia, había visto cientos de crucifixiones en su vida. Quizás miles. Vio su primera crucifixión a los cuatro años. Y la recordaba bien. Después de todo, esa era la forma en la que los romanos demostraban su superioridad sobre cualquier cultura. Desde niños eran adiestrados para apreciar la crueldad con la que se trataba a cualquier persona —sin importar nación o lengua— que se atreviera a ir en contra de la paz del Imperio. De la *pax romana*.

Cuando se unió al ejército, a los 16 años, como aprendiz y paje de armas de aquel famoso centurión, Aurelio Antonio de Roma, algunos de sus primeros encargos fueron ayudar a clavar a los crucificados. Con el paso del tiempo se hizo inconsciente de los gritos de dolor y los gemidos de angustia.

No, no sentía compasión. Sentía indiferencia. Si bien al principio las pesadillas lo despertaron en las madrugadas a la voz de muchos gritos dentro de lo profundo de su mente, un día dejaron de suceder. Ya era un centurión cansado, endurecido, listo para retirarse. Listo para largarse de esta tierra terrible, llena de gente extraña que se rehusaba a adorar a los dioses que le habían dado a Roma la primacía en el mundo. Aunque él a veces también dudaba.

Tan solo tres horas antes, Cornelius había comenzado a sentirse extraño con respecto al condenado, llamado Yeshúa de Nazaret.

Pilato, el desgraciado, le encomendó una última misión antes de que pudiera retirarse a Cesarea Marítima, la ciudad más romana y civilizada en toda la provincia de Judaea, donde había adquirido una extensa porción de tierra cerca del mar. Era, de hecho, una ciudad preciosa. No en vano vivía ahí el procurador Félix y el prefecto Pilato.

Pero gracias a esa antigua riña que Pilato tenía con Herodes el tetrarca, le había encargado crucificar al Nazareno como una manera de reconciliarse entre ellos. Le dio una inscripción para ponerla encima de la cruz, y le encomendó darle muerte.

Verdaderamente no entendía a los judíos. Eran un pueblo extraño. Adoraban a un Dios cuyo nombre no podían pronunciar, que les prohibía comer ciertos alimentos y vestir ciertas ropas. Las aldeas judías eran pocilgas malolientes comparadas con las grandes ciudades romanas. En realidad, lo mejor que tenían era Jerusalén y su templo. El templo era magnífico, gracias a Herodes que lo había embellecido.

Además de eso, la provincia de *Judaea* —que era su nombre en latín— era una gran incomodidad para el Imperio. Roma la mantenía bajo su jurisdicción por su posición estratégica. Era imposible llegar a Egipto y Africanas en caravana a no ser por Judaea. O por lo menos, era la vía más rápida.

Los judíos eran un pueblo rebelde, y sus zelotes y sicarios eran cada vez más atrevidos y sanguinarios. Roma se cansaría de ellos eventualmente.

—Muy bien, Nazareno —le había dicho Cornelius horas antes—. Deberás llevar tu cruz hasta Gólgota.

El Nazareno no respondió. ¿Cómo podía? Estaba completamente desfigurado. Lo habían destrozado a golpes. Sangraba por todo el cuerpo, con los ojos tan hinchados que le sorprendía que pudiera ver. La barba se la habían arrancado y, por si no fuera suficiente, una corona de espinas le desgarraba la frente.

Cornelius no había tenido nada que ver con eso. Era una tontería.

Al ver que no podría con la cruz, le ordenó a un campesino que pasaba por allí que le ayudara. El campesino obedeció. Por supuesto que obedeció. De haberse rehusado le habría cortado una mano allí mismo. Crucificarían a otros dos junto con el Nazareno. Los dos estaban en mejores condiciones. Al parecer no los odiaban tanto como al pobre Nazareno, a quien también llamaban Galileo.

Así que comenzaron la lenta marcha hacia el monte de la Calavera. Algunos le gritaban maldiciones, otros lo lloraban. Los fariseos y los escribas, esos hipócritas que mantenían al pueblo bajo el yugo religioso de su Deidad, miraban de lejos, sonriendo burlonamente, satisfechos de ver que el pueblo seguía incitado en contra del pobre moribundo que apenas daba un paso.

Sin embargo, las mujeres, los niños, los pobres, los enfermos, los leprosos, ellos lo lloraban. Eso le parecía extraño, pero no demasiado. A sus 50 años, lo había visto todo.

Entonces escuchó la voz del Nazareno. Le sorprendió la claridad con la que habló. Un discurso mientras caminaba. Pronunció las palabras lentamente, entre jadeos, pero Cornelius escuchó cada palabra, cada sílaba, y se estremeció.

—Hijas de Jerusalén, no lloren por mí, sino lloren por ustedes y por sus hijos. Porque vienen días en qué dirán: bienaventuradas las estériles, y los vientres que no concibieron, y los pechos que no criaron. Entonces comenzarán a decir a los montes: caigan sobre nosotros; y a los collados: cúbrannos. Porque si en el árbol verde hacen estas cosas, ¿en el seco, qué no se hará?

Cornelius se estremeció. Vaya palabras.

La gente guardó silencio, sorprendida de que pudiera hablar. Cuando terminó ese pequeño discurso, se reanudaron los gritos y las vociferaciones, pero ya no como antes. Inclusive los religiosos tenían ahora el ceño fruncido, pero no de enojo. Estaban perplejos. Quizás atemorizados.

Esas palabras crípticas tenían algún significado profundo. Cornelius lo sabía. Su alma retumbó al escucharlas.

Sí, este hombre habla como un profeta, pensó Cornelius.

No era la primera vez que Cornelius escuchaba al Nazareno. Hasta fue testigo de uno de sus milagros... o supuesto milagro. Hasta ahora, no estaba convencido.

Pero no. No estaba dispuesto a cambiar sus dioses. Él era un romano. Adorador de los grandes dioses, y en especial de los tres antiguos: Iupiter, Mars y Quirinus. No caería en la desgracia de Gaius, su amigo, quien seguía ahora la secta de los nazarenos después de que el Galileo supuestamente sanara a su siervo. Ah, pero Gaius siempre había sido demasiado suave con ellos. Hasta les había construido una pequeña sinagoga. Un desperdicio de dinero, en realidad. Si no fuera porque Gaius se había retirado del ejército con altos honores, lo consideraría un traidor.

Finalmente llegaron al lugar de la Calavera. Cornelius, hastiado, le pidió a Servius que se encargara de clavarlos, a los tres.

Él, por su parte, se retiró a un tiro de piedra y mandó a un soldado que le trajera un odre de vino. No acostumbraba tomar tan temprano. Pero esto era una crucifixión, y las crucifixiones duraban mucho tiempo.

Maldijo, de nuevo, a Pilato. Lo único que lo consolaba era pensar en su finca. En su esposa. En sus dos hijas. En pasar el resto de sus días podando su viñedo.

Pronto todo esto pasará, pensó.

No mucho tiempo después, levantaron las cruces. Pusieron a Yeshúa en medio, con los dos malhechores a su izquierda y derecha.

—Servius, pon la inscripción.

—¿La pongo, mi señor? Causará molestia a los judíos.

—Solo a los hipócritas de allá —dijo apuntando con la cabeza a los religiosos, que miraban el espectáculo de lejos—. Además, Pilato lo mandó. No quiero hacer nada que le moleste.

—Lo que ordene, mi señor —dijo Servius, delegando la orden a un soldado que, subiendo por una escalera, clavó la insignia sobre la cabeza del joven rabino.

El título estaba en hebreo, griego y latín:

היה ודים מלך מנערת ישוע

Ἰησοῦς ὁ Ναζωραῖος ὁ βασιλεὺς τῶν Ἰουδαίων.

IESVS NAZARENVS REX IVDAEORVM

No había terminado de clavar el signo cuando se le acercó uno de los principales sacerdotes:

—Protestamos contra ese anuncio —dijo con su voz grave, en un latín mal pronunciado—. Ese hombre no es nuestro rey. Nuestro rey es César. Poner ese anuncio es traición.

—Órdenes de Pilato —respondió Cornelius.

—Pilato no escuchó nuestra protesta. Pilato puede equivocarse.

Cornelius se dio la vuelta para ver de frente al hombre. Un anciano de barba larga, con el ceño marcado por tenerlo fruncido siempre.

—Esas palabras suenan verdaderamente a traición —le dijo—. ¿Cuestiona la orden del prefecto, puesto por orden de César mismo?

El sacerdote no se intimidó. Levantó la cara y lo miró con desprecio. Finalmente se inclinó y dijo:

—Que se haga la voluntad de mis señores. —Y se retiró.

Había gente, incitada por los fariseos, que gritaba injurias:

—¡Engañador!

—¡Falso mesías!

—¡Si eres quien dices ser, desciende de la cruz!

Algunos de los principales sacerdotes se acercaban a ver el espectáculo, y se reían al escuchar lo que le gritaban.

—¿Recuerdas cómo nos avergonzaba frente al templo, haciéndonos preguntas difíciles? ¿Recuerdas cuando echó a los mercaderes del templo? —dijo un sacerdote—. Ahora míralo, despreciado por todos.

—Es su castigo por cuestionar a los líderes elegidos por HaShem —respondió el otro.

HaShem, que en hebreo significaba «el Nombre», era la manera en que se referían a su Deidad.

Inclusive los dos ladrones crucificados junto a él se unían a las blasfemias. Pensó en ordenar silencio, pero no tenía por qué. Nada de esto era algo que hubiera querido. Él estaba allí solamente para cumplir con las órdenes y largarse.

El Nazareno habló. Con su cara ensangrentada miraba, a duras penas, hacia el cielo.

—Padre... perdónalos... no saben lo que hacen.

No todos escucharon lo que dijo, solo los que se encontraban más cerca: unos cuantos soldados, algunos seguidores que, habiéndose acercado un poco, lo lloraban, y algunos de los religiosos.

Una vez más, la frase le parecía sorprendente. ¿Qué clase de hombre era este, que rogaba el perdón de quienes lo maldecían? Ni esto suavizó el corazón de los religiosos (aunque unos pocos tenían cara de espanto), quienes se burlaron al escucharlo.

Servius se acercó:

—Señor, vamos a echar suertes sobre los vestidos del condenado.

—No me interesa.

—Los podremos vender bien a sus seguidores.

—No me interesa, dije.

Echar suertes. Una tradición que demostraba la superioridad romana. En otra época, participaría. Ya no. No con las ropas del Nazareno, meditaba Cornelius.

Cornelius se acercó a las cruces. Se quedó allí de pie, perdido en sus pensamientos, mientras el tiempo pasaba. Hubo una conversación entre los ladrones y el Nazareno, pero estaba tan perdido en su mente que no escuchó más que el final:

—Amén amén te digo: hoy estarás conmigo en el paraíso.

El paraíso. Recordaba haberlo escuchado hablar de ese tema antes. El paraíso. El reino de Dios. El reino de los cielos. Sí, creía en ello. Si era la voluntad de los dioses, algún día llegaría a los Campos Elíseos a disfrutar de la vida después de la muerte.

Cerca de la cruz lloraban varias mujeres, incluyendo la madre y uno de los discípulos del Galileo. Uno joven, quien intentaba consolarla.

Cornelius no escuchó la conversación que hubo entre ellos, porque algo extraño sucedía en el cielo. Algo *muy* extraño. Unas nubes negras, las más negras que jamás había visto en su vida, comenzaban a envolver el cielo entero.

—¿Qué está pasando? —dijo en voz baja.

La gente alrededor de la cruz miraba el cielo con asombro, y otros con miedo. Algunos comenzaron a retirarse apresuradamente. Repentinamente había oscurecido. Como si fuera de noche. Y apenas era la hora sexta, medio día, donde normalmente el sol se ponía con más intensidad.

Servius tenía el rostro atribulado.

—Algo anda mal. Algo anda mal, mi señor.

—Muy mal —afirmó Cornelius. Su corazón se aceleró.

—Mal presagio, mal presagio. Estas nubes no son de lluvia. Algún dios está muy enojado.

Cornelius tenía los ojos puestos en el crucificado.

Un aire frío comenzó a descender sobre el monte. Tan frío que helaba hasta la médula. El tiempo parecía avanzar más lento de lo normal. La gente estaba inquieta, hasta los soldados. Varios con temor en los ojos. ¿Temor, en una crucifixión? ¿De quién? ¿Del impotente crucificado?

Sí.

Temor de él.

—El dios Cronos debe estar furioso —dijo Servius—, porque este día no parece terminar.

—No sé si Cronos, pero algo me dice que el Dios de los judíos está enojado.

—¿Yahvé?

—Sí. El Nazareno dijo ser su Hijo.

—El Nazareno dijo ser muchas cosas.

Casi dos o tres horas después se acercó un mensajero de Pilato, quien le dijo a Cornelius:

—Mi señor, Pilato quiere saber si sus órdenes están siendo acatadas.

—Al pie de la letra.

El mensajero miró hacia el suelo, dudó un poco, y finalmente dijo:

—Una cosa más, mi señor.

—Habla.

—La esposa de mi señor Pilato me pidió encarecidamente que le suplicara a usted por la vida del Nazareno. Que su muerte fuera rápida. Ella ha tenido... ciertos sueños... con respecto a... —dijo mirando hacia la cruz.

—Lo sé. Pero me es imposible apresurar su muerte. Haré lo posible por aliviar su sufrimiento, si es la voluntad de la señora.

Ordenó a un soldado que le trajera vinagre y una esponja. Quizás el vinagre aliviaría un poco su dolor. A diferencia de Pilato, su esposa Claudia era una buena mujer. Cumpliría su sentimiento, aun con lo extraño del mandato.

Y entonces un grito:

—*Eloi, eloi, ¿lama sabactani?*

El grito causó un completo silencio, ya que lo pronunció con gran vehemencia. No era griego, mucho menos latín. Era arameo. El idioma de la región.

Yeshúa el Christós miraba al cielo con una expresión de dolor tal, que todos los músculos en su cara se habían contorsionado.

—Está llamando a Elías —aventuró alguien.

—Está agonizando —dijo Servius.

—Tengo sed —dijo el Nazareno, esta vez casi en un susurro.

—¡Denle el vinagre! —ordenó Cornelius.

Uno de los soldados inmediatamente empapó la esponja en vinagre y la puso en una caña. Un judío se ofreció para dársela a Yeshúa. Le dieron permiso. Acercó la esponja a los labios del crucificado mientras decía: «Veamos si viene Elías a bajarle...». Pero Yeshúa escupió el vinagre.

No dejaba de ser un espectáculo para muchos.

Entonces dejó de soplar el viento. Los caballos se encabritaron de repente. Luego un completo silencio reinó. Un silencio que helaba no los huesos, sino el ser entero. Por un momento nadie se movió.

El Nazareno gritó:

—*Tetelestai.*

Era Griego. Su significado: *Consumado es.*

Y luego, el crucificado levantó la mirada hacia el cielo, con dificultad, y dijo:

—Padre, en tus manos encomiendo mi espíritu.

Expiró. Largamente, pesadamente, dolorosamente. Su cabeza reposó sobre su pecho. Sus ojos, medio abiertos, sin moverse. Su semblante, uno de completa paz. Parecía estar alegre. Como alguien que ha cumplido con una misión.

¿Quién es este hombre?, pensó Cornelius.

Servius dijo:

—¿Está muer...? —Pero no logró terminar su oración, porque el suelo comenzó a moverse.

—¿Pero qué es esto? —dijo Cornelius.

Gritos. Alaridos. Llantos. La gente comenzó a correr. El suelo temblaba violentamente. Un sonido horrible, como si la tierra gritara indignada por lo que sucedía sobre ella. Inclusive los fariseos y los escribas, quienes hacían todo con dignidad ya que nunca querían ser mal vistos por los hombres, corrieron colina abajo gritando aterrorizados. ¿Por qué colina abajo, si todo temblaba?

Huyen, pensó Cornelius. *Huyen del Nazareno.*

Los únicos que no habían corrido, y ni siquiera gritaban, eran su madre, el joven discípulo, y unas mujeres con ella. Estaban impávidos, mirando al crucificado, con lágrimas ya secas que marcaban sus mejillas llenas de polvo. Como si el terremoto ni siquiera los afectara, parecía que solo ellos lograban permanecer de pie.

Cornelius intentaba conservar el equilibrio, pero era imposible. Solo las cruces, extrañamente, parecían no verse seriamente afectadas por el movimiento del terreno. El terremoto tenía una fuerza tal que lo obligó a caer de rodillas. Servius estaba en el suelo, maldiciendo, tratando de levantarse pero sin éxito.

Gritos y más gritos. El terremoto arreciaba. ¡Se partiría la tierra!

Y así, tan repentinamente como comenzó, terminó también.

Cornelius estaba de rodillas. Levantó la mirada, y vio al Nazareno.

A Yeshúa el Christós.

Cornelius temblaba. No solo su cuerpo, sino también su alma entera.

Las palabras le salieron desde lo más profundo de su ser. Le salieron como un espasmo incontrolable:

—Verdaderamente este hombre era Hijo de Dios.

PARTE I
EL CENTURIÓN

1

Diecisiete años antes.
16 d. C.
En los bosques de Germania...

—¡Salgan! —gritó el general Julio César Germánicus—.
¡Salgan y mueran como hombres!
    Cornelius gritó a sus hombres:
—¡Ya escucharon al general! ¡Muramos por Roma!
    Salieron de la trinchera a una lluvia de flechas. Cornelius salió con su escudo al frente —su *parmula*—, un escudo redondo y pequeño que le cubría el torso. De no haberlo tenido, una flecha se hubiera incrustado en su pecho.
    De todas las etnias contra las cuales habían peleado, los germanos eran los peores. Eran grandes, musculosos, y sabían luchar.
    Cornelius corría rodeado por sus valientes, gritando a voz en cuello. Los flecheros se encargaron de derribar a algunos bárbaros antes de llegar a ellos. Y entonces el combate. Cuerpo a cuerpo.

Aunque los enemigos eran grandes y fuertes, su peso actuaba en su contra. Además, no estaban acostumbrados a pelear en contra de las armas romanas.

Uno de ellos, con la cara pintada de rojo, se abalanzó contra Cornelius, pero antes de que pudiera dar un segundo hachazo, el centurión le deslizó la espada por el vientre, y lo remató al caer al suelo.

—¡Flanco izquierdo! —ordenó Cornelius—. ¡No dejen que entren por el flanco izquierdo!

Su orden fue repetida. Después de todo, él era uno de los centuriones de la cohorte, o unidad. No era el centurión principal, el *primus pilus* o primer centurión, sino el *hastatus prior,* el tercer centurión en rango de la cohorte. Si salía con vida de esta, claro.

Los bárbaros atacaron con asedio: onagros que lanzaban bolas de fuego ardiente y explotaban al contacto. Los romanos respondieron no con onagros solamente, sino también con ballestas y los llamados «escorpiones», que eran ballestas de alto alcance. A diferencia del asedio enemigo, el de ellos era más pequeño, fácil de mover, y más preciso. La tecnología romana era la mejor en el mundo, y por eso dominaban en la guerra.

Las explosiones comenzaron, las flechas gigantes surcaron el cielo, los cuerpos comenzaron a caer, y la batalla continuaba.

Dos grandotes y un flaco lo atacaron. El flaco cayó muerto por una flecha que le atravesó la garganta. Servius, su segundo al mando, se encargó de uno de los grandotes, y Cornelius del otro. No fue demasiado difícil. Peleaban bien, pero usaban armas grandes y pesadas. Tecnología anticuada, en otras palabras. Aunque los romanos tenían más protección corporal, estaba diseñada para ser ligera. Así que se movían mejor que el enemigo.

—Estos malditos bárbaros no saben que ya perdieron —dijo Servius, acercándose.

—Tendremos que matar hasta el último de ellos —contestó Cornelius.

—Por mí no hay problema.

La batalla se libraba en una planicie, en el valle que ellos habían denominado «el pantano», por el suelo lodoso. El campamento romano se escondía de un lado del bosque, hacia el suroeste, mientras que los germanos, junto con sus tropas y aldeas, resistían el noreste de la región.

Pero la planicie no era muy plana. Además del terrible suelo, rocas grandes y árboles dificultaban el avance. Aunque el enemigo conocía mejor el territorio, los romanos lo tenían bien estudiado, así que avanzaban de acuerdo al plan de ataque, metódicamente, ganando terreno sobre los enemigos, quienes a su vez hacían guerra sin demasiada planeación, dejándose llevar por la voluntad de sus dioses, que eran infinitamente inferiores a los dioses romanos.

Una bola de fuego explotó cerca de Cornelius, lanzando una piedra que le golpeó el brazo izquierdo, por encima del codo. Se aguantó el dolor, que aunque en ese momento no sentía mucho por la euforia, sabía que regresaría esa noche para dificultarle el sueño.

Los germanos miraban a su alrededor, dándose cuenta de que el número de caídos era más de su lado que del otro. Su líder debió percatarse de ello porque sonó el cuerno, y los bárbaros emprendieron la huida. Los flecheros aprovecharon para deshacerse de varios que corrían de regreso al bosque.

Ningún soldado los persiguió. Tenían instrucciones estrictas de no entrar al bosque enemigo hasta tener más información de inteligencia. Los espías estaban muy ocupados diseñando mapas del territorio más allá del bosque, y lo cruzarían cuando tuvieran una táctica de ataque a prueba de derrota. Así habían conquistado prácticamente el mundo entero: con planes a prueba de derrota.

Cuando el último de los germanos desapareció dentro del bosque, los romanos lanzaron su grito de victoria: fuerte, para que lo escuchara el enemigo mientras huía.

—Huyeron rápido —dijo Servius.

—Debemos ser cuidadosos. Ahora es cuando se vuelven impredecibles. —Y luego, a la compañía—: Recojan los despojos y volvamos al campamento.

No había mucho qué recoger. Las armas enemigas eran inferiores a las suyas. Así que se concentraron en quitarles las pieles con las que se abrigaban. Las usarían de alfombra en el campamento. Las órdenes del general Germánicus eran estrictas en cuanto a los sobrevivientes enemigos: no dejar a ninguno vivo. Estaban muy lejos de Roma, transportarlos era imposible. Darles de comer, impensable. A duras penas tenían suficiente para ellos mismos. Así que los soldados romanos revisaban los cuerpos caídos del enemigo, terminando de matar a cualquiera que siguiera con vida. Solo hacían excepciones con generales, líderes o reyes, a los cuales tenían permitido conservarles la vida para extraerles información bajo tortura.

Así era la guerra: cruel.

La única manera de someter al mundo entero bajo el yugo romano era con una fuerza bruta e inteligencia superior.

Servius, una hora después, se acercó a Cornelius y le dijo:

—El conteo es de doscientos setenta y cinco muertos enemigos.

—No está mal —dijo Cornelius. Por órdenes del general solo habían salido dos cohortes a la batalla. Cada cohorte, también llamada unidad, constaba de 500 hombres, así que 1000 hombres habían participado en la batalla. El resto de la legión estaba dividida, con 2000 hombres resguardando el sur —para evitar un ataque por la retaguardia—, y 2000 hombres en el campamento, en donde había un medio millar de siervos y siervas.

—Cuarenta y dos nuestros.

—Muy bien.

—Tengo instrucciones del general.

—Adelante —respondió Cornelius.

—Quiere dejar una unidad aquí, la primera, y que la segunda regrese al campamento.

—Así que nos quedamos aquí esta noche.

—Así es.

—¿Dejar tan solo quinientos hombres? Algo arriesgado. Los germanos podrían regresar.

—Parece que los centuriones no creen que eso sucederá.

—Espero eso también yo —respondió Cornelius. Servius lo saludó con un golpe al pecho, y se retiró.

El general no estaba lejos. Cornelius caminó al bosque y lo encontró dentro de la tienda principal, hablando con el primer y segundo centurión de la legión.

De todos los centuriones, el general confiaba más en ellos, los primeros tres.

Cuando llegó Cornelius, los saludó:

—Que viva Roma y nunca perezca.

—Bien hecho, centurión —dijo el general. Era joven, pero corpulento, de cabello negro y ojos azules, penetrantes. Su presencia era dominante—. Una buena escaramuza.

—Muy corta, en mi opinión —respondió Cornelius.

—Me están decepcionando los germanos. ¿Que no su valentía es legendaria? —dijo el primer centurión, de nombre Julius, con una sonrisa en el rostro.

—Mejor no confiarnos —dijo Cornelius—. Todo esto puede ser una técnica.

—No —dijo el segundo centurión, Tiberius Favius—. Están heridos, y no regresarán pronto. Volverán a sus aldeas a remendar sus heridas y atacarán después, quizás en una semana o dos.

Tiberius era un hombre al que le gustaba dar su opinión de manera tajante, sin oportunidad de diálogo. Era una de las personas más exasperantes que conocía Cornelius. Un sabelotodo que siempre le llevaba la contra. Estaba acostumbrado a dar órdenes, y cuando acataba alguna era solamente a su favor, para su beneficio. Se aprovechaba de ser un hombre alto y fuerte para intimidar a sus oponentes.

Cornelius sabía bien que Tiberius aprovecharía cualquier oportunidad para convertirse en el primer centurión. Y mejor que se cuidara Julius, porque Tiberius era capaz de cualquier cosa para llegar a la cima lo más pronto posible, con el menor esfuerzo.

Indudablemente Tiberius era un buen estratega, educado bajo el mismo maestro que Cornelius. Aunque Cornelius había terminado sus estudios con honores más altos, Tiberius era un Favius. En otras palabras, su familia era patricia. Tenía familiares poderosos en todas las provincias del Imperio, desde Hispania hasta Judaea. Por lo tanto con mejores conexiones, por lo tanto destinado a la grandeza. Sin duda alguna llegaría a ser un general, posiblemente senador.

Cornelius, en contraste, era un Tadius. Los Tadius venían de orígenes plebeyos. No hasta cuatro generaciones atrás, el venerable Casius, su ancestro, había traído riqueza a la familia al convertirse en un mercader famoso en toda Italia. Casius compró grandes tierras, además de siervos, siervas, y animales. Pronto la familia Tadius comenzó a moverse en los círculos de la alta sociedad.

Pero en Roma, ser rico y ser patricio eran dos cosas diferentes. La riqueza podía perderse, pero la sangre patricia no. El apellido siempre era más importante que el dinero.

—Eso podrá ser cierto —dijo Cornelius—, pero no debemos confiarnos. Pudiera ser que los germanos esperen eso de nosotros. Que nos retiremos para atacarnos con fuerza. Es la única manera de diezmarnos. De cualquier otro modo, los haremos pedazos.

—Disculpa, hermano Cornelius —dijo Julius—, pero estoy de acuerdo con Tiberius. Las tropas están cansadas, y necesitan reponerse. Pronto regresarán los espías, y podremos avanzar dentro del bosque. Pero no lo haremos si están todos cansados.

No le sorprendía que Julius estuviera de acuerdo con Tiberius. Casi siempre era así. Sus familias eran amigas desde generaciones atrás.

—Somos la mejor compañía del Imperio —respondió Cornelius—. Por eso nos mandaron aquí, al final del mundo, a deshacernos de los germanos, que sean malditos por todos los dioses. Nuestros soldados pueden resistir esto y mucho más.

—Nadie duda de la resistencia de nuestros muchachos —dijo el general—. Sin embargo, me parece sabio que descansen ahora. Pronto regresaremos a la guerra, y probablemente con más fuerza.

—Parece que mi consejo es la minoría. Los dioses han hablado, entonces —dijo Cornelius.

Tiberius ni siquiera escondió su sonrisa burlona.

—Muy bien —dijo el general Germánicus, ignorando la sonrisa de Tiberius—. Se quedará una unidad, la primera. Yo me llevaré el resto de las tropas a unas cuantas millas de aquí. Julius, encárgate de dar el aviso a los demás centuriones.

El *primus pilus* se golpeó el pecho y salió de la tienda. Tiberius hizo lo mismo. Cornelius iba de salida, pero el general lo detuvo.

—Siéntate, Cornelius —le dijo. Al ver que Cornelius no quería, insistió—: Es una orden.

Cornelius se sentó en una silla de madera cubierta con pieles. La tienda del general era más cómoda que la de los centuriones, pero no por mucho. Germánicus era un hombre recio y acostumbrado a la vida difícil.

—Tu consejo es bueno, como siempre, Cornelius. Pero eres demasiado estricto. Pides mucho de tus tropas.

—Sé que pueden, y mucho más.

—Cuando el descanso es merecido, entonces es justo.

—No quiero hablar en contra de mi señor.

—Puedes hacerlo, habla tu corazón.

Cornelius se quedó en silencio.

—Es un simple presentimiento, mi señor. Siento que los bárbaros están esperando que cometamos un error.

—Siempre confías en tus presentimientos. Casi siempre tienes razón. Pero no siempre, Cornelius.

—Espero que sea una de esas veces.

2

Las noches eran intensamente frías. Cornelius, como era su costumbre, antes de pasar a su tienda para dormir, se paseó por el campamento, asegurándose de que sus soldados no estuvieran ingiriendo demasiado vino. Los quería a todos en sus cinco sentidos.

Pasó la primera noche sin novedad. La segunda igual. La tercera noche cayó nieve pesada sobre el campamento, pintando los árboles de blanco y haciendo dificultoso el caminar.

Encontró a Tiberius fuera de su tienda, con los brazos cruzados mirando hacia el bosque. Cornelius se detuvo junto a él, pero el segundo centurión lo ignoró.

—Esta es la calma antes de la tempestad —dijo Cornelius.

—Como siempre, estás equivocado, Tadius —le respondió. Tiberius con frecuencia lo llamaba por su apellido, para recordarle que a pesar de la riqueza de su familia, su posición como centurión, y el respeto que muchas personas le tenían por su valentía y coraje, seguía siendo un plebeyo.

—Los germanos podrán ser bárbaros, pero no son tontos. Sus espías ahora saben que somos menos. Nos atacarán más temprano que tarde.

—Nuestra fuerza es superior a la de ellos, te recuerdo.

—No es la fuerza la que está en duda, sino los números.

—Un romano vale más que veinte bárbaros.

—Estoy de acuerdo.

—Entonces ¿por qué dudas? ¿Será que tus hombres tienen miedo?

—Nunca te he visto pelear contra veinte bárbaros. Pero es interesante que siempre mandas primero a tus hombres a la batalla, y te quedas en la retaguardia. ¿Para dar las órdenes desde allí, quiero pensar?

—¿Qué me intentas decir? —le dijo mirándolo, con las mejillas enrojeciéndose.

Que eres un cobarde, pensó Cornelius mientras daba un paso, poniéndose frente a sus narices. Lo miró directamente a los ojos, desafiante. Tiberius no se intimidó.

Cornelius optó por calmar la situación:

—No quise decir nada, mi querido centurión.

Habiendo dicho eso, se marchó. No tenía caso hablar con un bruto como Tiberius. Tenía músculo, pero le faltaba el más importante: el de la cabeza.

Cornelius regresó a su tienda, y encontró allí a Servius encendiendo una fogata. Necesitaría el calor, pues la noche se tornaba cada vez más fría. Encender un fuego con la nieve cayendo no era sencillo, pero no imposible para Servius.

—Qué daría por estar de regreso en casa —dijo Servius—. Estas tierras son terribles. Parece que no importa la estación, siempre hace frío. En Roma por lo menos tenemos variación.

—No me molesta. —A Cornelius, el frío le era indiferente. Por supuesto que era incómodo traer pieles encima, pero prefería el frío al calor. El calor era agobiante. El frío lo mantenía a uno despierto. El problema es que muchos de sus soldados no estaban acostumbrados a estas temperaturas, así que no hacían otra cosa más que pasarse el tiempo alrededor del fuego, comiendo y bebiendo.

—¿Ya se reportaron los vigías? —le preguntó a Servius.

—Sí. Hace media hora se reportaron. Ninguna novedad.

—Hay que mantener el estado de alerta.

Julius venía caminando y escuchó las palabras de Cornelius.

—Debes relajarte, hermano Cornelius. Todos necesitan un descanso, pero me parece que el que lo necesita más eres tú.

Cornelius sonrió.

—Tendré toda la eternidad para descansar con los dioses —dijo.

—Aun los dioses nos permiten descansar aquí en la tierra.

—Descansar no es mi punto fuerte.

—Tampoco el mío. Sin embargo, los soldados lo necesitan.

Esa parecía ser la opinión de todos menos la de él. Es verdad que el descanso era una parte natural que requería el cuerpo humano. Pero los soldados romanos estaban entrenados para la guerra ante las situaciones más adversas. Tenían que ser capaces de resistir cualquier ataque bajo todo tipo de circunstancias.

—Yo tomaré la primera vigilia, con mis hombres —dijo Julius—. Tiberius se encargará de la segunda, y tú de la tercera.

—Entendido.

El centurión primero se retiró.

—Supongo que tú también crees que debemos descansar —le dijo a Servius.

—Siempre estoy del lado de mi señor.

—Bien. Nos encargaron la tercera vigilia. Mejor dormir un poco. La tercera es la peor de todas.

—De acuerdo.

Cornelius regresó a su tienda. Se arrodilló delante de su pequeño altar. Encendió una vela a Mars, dios de la guerra. Se inclinó y rezó:

—*Mi alma te entrego. La guerra es tuya. Danos la victoria que necesitamos.*

Repitió el rezo seis veces, se levantó y se acostó en su cama rudimentaria, pero suficientemente cómoda, que tenía dentro de la tienda.

Cerró los ojos. Su sueño fue placentero. Lo transportó a aquella vez en que su padre lo llevó a ver los barcos por primera vez. Había nacido en un pueblo pesquero pequeño, no demasiado lejos de Roma. Aunque los barcos no eran grandes, para él, a su corta edad, le parecían enormes. Sobre todo aquel barco de guerra de la naval romana.

Estaban en el muelle viendo los barcos que llegaban y zarpaban, cuando su padre le dijo:

—Los marineros romanos son los más temidos en todo el mundo.

—Mi tutor dijo que peleamos en contra de los piratas sicilianos.

—Los sicilianos temen el poderío romano. Ni siquiera los vikingos son tan poderosos como nosotros.

—¿Y los monstruos?

—El mar está lleno de ellos. Serpientes gigantes. O el pulpo gigante que vio Plinio el Segundo.

—¿Pueden ellos más que nosotros?

—Los monstruos han hundido varios de nuestros barcos. Pero si alguien puede matarlos, son los soldados romanos. Nadie puede contra los soldados de Roma.

—De grande seré un soldado. Un centurión.

Su padre puso la mano sobre su hombro.

—Ten cuidado con lo que pides, hijo. Los dioses te escuchan —dijo apuntando al cielo—, y podrían cumplírtelo. Ser un centurión es una gran responsabilidad y un honor. ¿Crees poder con esa responsabilidad?

—Sí —dijo seguro. La seguridad ingenua de un niño que jamás había visto la guerra.

Su padre asintió.

—Yo también. Veo grandes cosas en ti, hijo.

Cornelius se despertó con el toque del cuerno. Inmediatamente se sentó en la cama y tomó su espada, recostada junto a él.

Ese sonido no era de un cuerno romano.

Era el toque de guerra de los germanos.

3

Había dormido con su traje de guerra puesto debido a su presentimiento. Salió de su tienda apresuradamente. Este era un ataque sorpresa y tenían que reaccionar rápido. Alistar bien las tropas para que no reinara el caos. Uno de sus escuderos venía corriendo hacia él con cara de espanto.

—¡Nos atacan, mi señ...! —Cayó al suelo atravesado por una flecha en la espalda, que había salido de la oscuridad del bosque. Probablemente estaban rodeados, podía escuchar ya los gritos de guerra, pero venían del sureste del campamento.

La tienda del primer centurión no estaba lejos y corrió hacia ella, pero la encontró en llamas.

—¡Julius! —gritó, pero no hubo respuesta. ¿Estaba adentro o había logrado salir? Imposible saber sin averiguarlo. No lo pensó dos veces, entró a la tienda en llamas.

Calor, humo, oscuridad. Inmediatamente comenzó a toser, se lanzó al suelo para no inhalar humo. Allí había algo, cerca de él: era el cuerpo de Julius.

Lo agarró y comenzó a arrastrarlo, sabiendo que en cualquier momento la tienda podría venirse abajo y sería imposible salir, moriría quemado vivo.

Era un hombre pesado, pero Cornelius logró sacarlo, musitando maldiciones entre dientes.

Alguien se acercaba corriendo. Cornelius sacó su espada y se preparó para el combate, pero era Servius.

—¿Es el centurión? —preguntó Servius.

—Sí —le contestó Cornelius—. Está muerto.

Lo estaba. No tenía pulso en el cuello.

—Tiene sangre en la espalda —observó Servius.

Empezó a caer una lluvia de flechas, pero ignorándolas, Cornelius inspeccionó la espalda y encontró una herida.

—Es herida de navaja —dijo el centurión.

—Eso quiere decir...

—Lo asesinaron. Alguien lo asesinó por la espalda y prendió fuego a la tienda.

—Maldita sea. ¿Un traidor? ¿Un espía?

—Puede ser. Necesito que encuentres a Tiberius, hay que organizarnos lo más pronto posible. Investiga lo que puedas.

—No me gustaría dejarlo solo...

—¡Es una orden!

—¡A la orden, mi señor! —respondió Servius y se fue de allí corriendo, medio agachado para evitar ser un blanco fácil.

No había tiempo qué perder. Comenzó a dar instrucciones con la corneta. Primero hizo el toque que anunciaba un ataque. Lo repitió tres veces. Inmediatamente se escucharon gritos de soldados moviéndose y preparándose para la pelea.

Después hizo el retoque de «posición de defensa».

Para cuando terminó las instrucciones con la corneta, estaban ya bajo completo ataque. Los germanos invadieron el campamento. Bolas de fuego y una lluvia de flechas caían sobre ellos. Apenas caminó cinco pasos y una tienda a su lado explotó, lanzándolo de costado. Se puso de pie inmediatamente y lo atacó un germano.

Un fuerte choque de espadas. Su enemigo era joven, unos 10 o 15 años más joven que él, así que con menos experiencia. Se deshizo de él rápidamente.

¿Cómo podría ser que estaban bajo ataque? ¿Y los vigías? Probablemente los germanos aprovecharon la poca visibilidad debido a la nieve que continuaba cayendo. No estaban acostumbrados a pelear bajo la nieve. Dificultaba la vista y el avance. Los germanos, sin embargo, estaban en su territorio. Y se notaba. Mientras que los soldados romanos se desplazaban con dificultad, los germanos no.

Así que esto era lo que esperaban, pensó Cornelius.

Aún era de noche. Probablemente la segunda vigilia, pues no lo habían despertado para la tercera.

El ataque era por ambos lados. Un joven soldado se unió a él, pero pronto murió cuando una flecha en el pecho lo llevó al suelo. Cornelius vio algún enemigo apuntándolo no muy lejos, y levantó el escudo. Una flecha se incrustó en el escudo, pero no pudo evitar la segunda que se le clavó en el hombro izquierdo. Gruñó de dolor. No podría sacársela con facilidad, ya que la punta estaba diseñada así. Prefirió quebrar el ástil, y dejó la punta dentro de su hombro. Ya se encargaría de la herida después.

Escuchó un ruido a su espalda justo a tiempo para repeler un ataque. Se deshizo de su enemigo.

—¡Mi señor! —escuchó la voz de Servius.

Lo vio no muy lejos de él, lanzando flechas con una ballesta, detrás de un montón de madera que él y otros tres soldados usaban como trinchera.

—¡Por acá!

Cornelius se dio prisa y llegó hasta donde estaba su primer oficial.

—Tenía razón —dijo Servius lanzando otra flecha que halló su objetivo en el pecho de un enemigo.

—Odio tenerla —respondió.

—¿Está herido?

—Nada grave.

—Nos atacan por los cuatro flancos. ¿Qué hacemos?

—¿Cuántos son?

—No lo sé. Definitivamente más que nosotros.

—¿Los vigías?

—No tengo idea. Pero tenían nuestro campamento estudiado. Destruyeron las tiendas de los centuriones con el asedio.

—¿Tiberius?

—No lo sé. No lo encontramos por ningún lado, tampoco a su segundo oficial. Es como si se hubiera esfumado.

—Maldición. —Esperaba que no lo hubieran matado o capturado. Necesitaba al centurión vivo, de preferencia. Era extraño que no apareciera, y que no hubiera sonado la trompeta dando instrucciones a las tropas. Cornelius dijo:

—Ven conmigo. Hay que coordinar la defensa.

Salieron de la trinchera improvisada. Era difícil defender un ataque por los cuatro flancos. Estaban en completa desventaja. De todas maneras los soldados romanos estaban ya actuando de acuerdo con su entrenamiento. Habían formado trincheras con cualquier objeto y lanzaban un contraataque con onagros.

Evidentemente el enemigo se había preparado para este momento. Las flechas y las explosiones no paraban, y eran invadidos por ola tras ola de soldados.

Una flecha le pegó en la armadura, en el pecho, pero rebotó.

—Hay que retirarnos, señor —dijo Servius.

Pensaba lo mismo, pero no quería hacerlo. No veía a Tiberius por ningún lado. Esto era un caos.

—Nos atacan con demasiada fuerza —volvió a decir Servius.

Sí. No había otra opción. Era eso o morir todos.

Tocó la corneta: ¡*retirada!*

Hubo un momento de confusión entre la tropas romanas. Como si no pudieran creer que les ordenaban la retirada. Era algo a lo que no estaban acostumbrados, y Cornelius casi sentía vergüenza dando ese toque. Pero era necesario. De otra manera, morirían todos. Quizás bajo otras circunstancias, pelear hasta la muerte del último hombre sería lo más sabio. Pero no en esta ocasión. Tenía que conservar la mayoría de los hombres para contraatacar después. De lo contrario, la legión se vería tan desigualada que los obligaría a retirarse ante el enemigo.

Encontraron un punto débil en el bosque, un pequeño agujero que los germanos dejaron abierto sin darse cuenta, y lo aprovecharon para salir. Una huida rápida era casi imposible por la nieve. Las flechas seguían encontrando objetivos y les pasaban zumbando.

Tanto Cornelius como Servius se colocaron el escudo en la espalda, y Servius se puso detrás de su centurión para darle protección adicional.

Se habían alejado una milla[1] del campamento, bajo persecución germana, cuando escucharon los gritos de

---

1. La milla romana, o «mil pasos», equivale a aproximadamente un kilómetro y medio.

victoria del enemigo, un grito que hacía eco a su alrededor dando la impresión de que seguían rodeados.

Cornelius, jadeando, se detuvo. Tenía a ocho hombres a su alrededor que se detuvieron con él, entre ellos tres arqueros, que inmediatamente pusieron una rodilla en tierra y comenzaron a lanzar flechas contra los germanos que aún los perseguían.

—Esto es un desastre —dijo Cornelius—. Necesitamos enviar un corredor inmediatamente. Hay que avisar al general, no sea que los ataquen a ellos también.

Uno de los soldados, un joven de unos 17 años, se puso firme ante el centurión y dijo:

—Mi señor, me ofrezco para llevar la noticia.

—¿Sabes llegar a tu destino? La noche es oscura.

—Su siervo se puede ubicar en cualquier lugar, mi señor.

—Muy bien.

—¿Cuál será el mensaje?

—El mensaje es el siguiente: *Atacados por sorpresa. Retirada ordenada. Estén alerta. Cornelius.*

El joven inmediatamente se despojó de su cota de malla, yelmo, escudo y espada, quedándose solo en su ropaje interior, sus sandalias, y con una daga. De esa manera podría correr con más velocidad.

Espero no se congele antes de llegar, pensó Cornelius.

El joven saludó a Cornelius, y se perdió en la oscuridad de la noche.

—¿Ahora qué, señor? —preguntó Servius.

4

Era casi imposible ver a su alrededor. La nieve caía con más fuerza. Tenía solamente a siete hombres y podía escuchar al enemigo cerca.

Encender una antorcha era una locura.

—Tendremos que ir hacia el campamento del general —dijo Cornelius.

—No está demasiado lejos de aquí —observó Servius—. Si nos apuramos, llegaremos al salir el alba.

—Nos congelaremos antes de llegar —dijo uno de los arqueros, quien temblaba descontroladamente. De los siete hombres, tres de ellos no traían armadura puesta, sino solo una túnica de algodón para dormir.

—Cuando estemos lo suficientemente lejos encenderemos antorchas —dijo Cornelius.

—Si lo hacemos aquí, nos harán pedazos —dijo Servius.

—Mantengan los ojos bien abiertos, en caso de ver amigos o enemigos —dijo Cornelius.

La mejor manera de guiarse era por las estrellas, pero no podía verlas bien. Aun así, Cornelius tenía experiencia extensa como guía y rastreador. Su sentido de orientación era excepcional. Recordaba bien por qué lado del campamento habían salido y, por lo tanto, qué ruta seguir para llegar al campamento del general. Si los dioses estaban de su lado, el cielo se aclararía y podría consultar a las estrellas para asegurarse de que seguía el camino correcto. Aquellos que tenían algunas pieles extra encima las prestaron a los tres que andaban casi desnudos, para que no murieran congelados.

Cornelius no podía más que darle gracias a Mars por haberle dado la intuición de dormir con la armadura puesta, cosa que probablemente le había salvado la vida.

Servius también iba bien armado, así que le preguntó:

—¿Dormiste también con la armadura?

—Por supuesto. Noté que usted lo haría, y decidí imitarlo. Estoy aprendiendo a hacer caso de su intuición.

—Debes hacer caso a la tuya, también.

—Sí, mi señor.

Uno de los arqueros lanzó una flecha a la oscuridad, y se escuchó un grito de dolor seguido por el sonido de alguien cayendo al suelo.

—¿Hay más? —preguntó Cornelius, alerta al igual que los demás.

—Me parece que no. Solo vi a ese —respondió el arquero—. Tengo buen ojo.

—¿Cuál es tu nombre?

—Lucio, mi señor.

—Bien hecho, Lucio. Mantén los ojos abiertos.

Siguieron caminando, pero ya sin escuchar nada. Muy a lo lejos apenas percibían el ruido del campamento, el cual indudablemente estaba siendo saqueado por los malditos bárbaros. No dejarían nada. Robarían todo y quemarían el resto.

Cornelius no quería ni pensar en lo que le harían a los sobrevivientes. No los matarían, no. Los torturarían. Ni siquiera para sacarles información. Por pura diversión. Por venganza. Por sed de sangre.

Aunque quería regresar por ellos, era imposible. Morirían si lo intentaban. Prefería llegar hasta el campamento del general y planear un contraataque, aunque dentro de sí mismo sabía que sería demasiado tarde. La realidad es que no había nada más que hacer. Habían sido derrotados. La guerra era horrible. Pero ese era su trabajo. Era la manera en que los dioses habían escogido que se ganara el salario. Era lo único que sabía hacer bien: matar.

Siguieron por el camino, avanzando a buen paso para que no se les congelaran las piernas. Caminaban en fila recta, con Cornelius al frente y un arquero cuidando la retaguardia.

Cuando el peligro ya no era algo de qué preocuparse, Servius se le emparejó al centurión.

—Hay que tratar esa herida, pronto. Está sangrando.

—Pero no sangra mucho. El frío lo evita.

—De todas maneras, si no se cuida, pronto podría llegar a perder el brazo entero.

—En cuanto lleguemos al campamento del general, te encargas.

—Con mucho gusto, mi señor.

Servius tenía algo en la mente, abrió la boca pero no dijo nada.

—Habla, mi amigo —le dijo Cornelius.

—Hay algo extraño... en todo esto. Algo huele mal. ¿No lo cree?

Cornelius lo miró.

—Definitivamente. ¿Qué piensas tú?

—Para empezar, Julius asesinado. Cuando lo encontramos muerto no había ni un solo bárbaro cerca. Estaban atacando el otro lado del campamento.

—Tú mismo lo dijiste. Pudo haber sido un espía.

—Sí, pero lo dudo. El campamento estaba bien vigilado. ¿Dónde estaban los guardias del centurión? No los vimos muertos. ¿Y por qué no escuchamos la trompeta avisando del ataque hasta que era demasiado tarde?

—Tiberius no avisó.

—Exactamente. Tiberius, quien simplemente desapareció. Algo anda mal.

—Así es, mi estimado Servius. Esto fue planeado. No sé hasta qué punto, pero hay demasiadas cosas que no encajan.

—¿Pero Tiberius... traidor? Ese hombre ama a Roma.

—Hay otras razones por las cuales un hombre cometería traición. Dinero. Poder. Posición. Venganza.

Servius agitó la cabeza y dijo:

—La conversación con el general será bastante interesante cuando lleguemos.

—De eso no me cabe duda.

Pasó tiempo, la nieve dejó de caer. Pudieron ver las estrellas. Iban por el camino correcto, cosa que no le sorprendió a Cornelius.

No podía dejar de pensar en lo sucedido. Estaba de acuerdo con Servius, pero no quería creer que Tiberius estuviera involucrado. Aunque la evidencia parecía apuntarlo a él. Pero ¿por qué motivo? Deshacerse de Julius. ¿Alguna venganza personal? Tendría que investigarlo.

Cornelius era el tipo de persona a quien no le gustaba meterse en problemas ajenos. Si los dos centuriones tenían problemas entre sí, él no se daba por enterado.

Por alguna razón, se quiso deshacer de él. ¿Alguien más estaría en su lista? Solo podía especular sobre por qué Tiberius no había mandado a que alguien le clavara una navaja también a él.

Pensó escuchar movimiento adelante, pero probablemente era algún animal. Estaban todavía a por lo menos dos horas del campamento.

El dolor en el hombro era cada vez más intenso. Sabía que tendría que recibir atención médica inmediata. No le quería decir nada a Servius porque ya estaban por llegar, y su segundo al mando detendría la marcha para curarle el hombro si tan solo se quejaba por ello.

De peores heridas había salido sin problemas.

Decidió continuar.

—Se escucha el campamento allá adelante —dijo Lucio.

—Investiga —le ordenó Cornelius.

El muchacho, con la energía que le quedaba, se apresuró trotando y desapareció adelante. Esperaba que regresara pronto, pero no regresó. Le extrañó, pero no demasiado. Cabía la posibilidad de que estuviera dando un informe parcial de lo sucedido. El general querría saber todos los detalles de la derrota.

Una media hora después llegaron al campamento del general, en donde un regimiento de soldados los esperaba.

Todos los que venían con él se detuvieron, adoptando una posición firme. Cornelius caminó al frente de su tropa y dijo:

—Centurión Cornelius, reportándose con el general Germánicus.

Escuchó una voz que inmediatamente reconoció, pero no pudo ver a la persona. La voz dijo:

—Es él. ¡Arréstenlo!

Cornelius maldijo entre dientes mientras treinta soldados sumamente armados los rodeaban y apuntaban sus lanzas al pecho de cada uno de los soldados que venían con él.

Finalmente pudo ver a Tiberius. Allí había estado, escondido detrás de los soldados que comandaba. Escurridizo, como siempre.

—Por los dioses —dijo Servius en voz apenas audible, de manera que solo Cornelius lo escuchó—, el traidor ha sido más listo.

—¿De qué se trata esto, Tiberius? —dijo Cornelius en voz alta, fuerte, segura. Quería que todos lo escucharan.

Tiberius sonreía:

—Cornelius, por órdenes del general Germánicus, quedas bajo arresto con derecho a testificar delante de una corte romana.

—¿De qué se me acusa?

—De sedición y traición a Roma. De ser encontrado culpable, morirás decapitado.

—¿Sedición? ¿De dónde has sacado semejante insensatez?

—Tengo dos testigos que aseguran haberte visto asesinar al centurión Julius.

El astuto canalla se me ha adelantado, pensó Cornelius y, sin poder contenerse, se abrió paso sin dificultad entre los dos soldados que lo apuntaban con los picos, desenvainó la espada y la apuntó a Tiberius, quien se quedó petrificado con los ojos bien abiertos, pues no esperaba el súbito ataque. Cornelius le hubiera cortado el cuello si el mismo general Germánicus no hubiera gritado en altavoz:

—*¡Cornelius! Si lo matas, morirás también.*

Cornelius se detuvo a unos cuantos pasos de Tiberius, con la espada en alto.

—¡Este hombre me ha insultado!

Tiberius recobró la compostura y dio un paso hacia Cornelius, desafiante. Sus ojos brillaban. Una sonrisa burlona apenas dibujaba su rostro.

—Si el testimonio es falso, los testigos morirán por ello —dijo el general—. Así que rinde tu espada, al igual que tus hombres, y hablemos.

Cornelius obedeció la orden al instante. Dejó caer la espada al suelo. Se puso frente a Tiberius, nariz con nariz, y le dijo en voz baja, apenas audible:

—Fuiste tú, ¿cierto? Tú estás detrás de todo.

—No tienes cómo probarlo —le exhaló Tiberius.

—Te cortaré la cabeza, traidor.

Tiberius entrecerró los ojos y contestó:

—La tuya rodará primero, Tadius.

5

Encerraron a Cornelius en una tienda, con los guardias alrededor de ella. Esto porque era un centurión, y por lo tanto lo trataban mejor. Servius y los demás soldados no corrieron con la misma suerte. Los llevaron a la celda del campamento, una jaula al aire libre. Había otros tres prisioneros allí, dos de ellos tan enfermos que deliraban tirados en el suelo, uno de ellos con vómito seco en sus ropas, el otro temblando sin control.

La tienda donde se encontraba Cornelius tenía una cama, dos sillas, una mesa con unos lienzos de pergamino, pluma y tintero, y nada más. No estaba mal, considerando que le gustaba la vida austera, así que ese lugar no era muy diferente a su propia tienda, la que ahora estaba en cenizas. Incluso un médico le revisó y vendó la herida.

Se sentía desesperado. Oscurecía, y no había podido hablar con nadie. Quizás ya planeaban el contraataque, pero sin él. Debería estar liderando él, no Tiberius el traidor.

No podía negar que el traidor era inteligente. Probablemente había planeado su golpe a detalle. Seguía su plan, y hasta ahora le funcionaba de maravilla, incluso con el problema de que había sobrevivido el ataque. Tiberius no esperaba eso.

Pero saldría de allí. Tarde o temprano lo haría y, al hacerlo, mejor que se cuidara Tiberius. Aunque su casa era noble y de influencia, Cornelius tenía muchos amigos, amigos poderosos, gente de influencia también, personas a quienes había ayudado de muchas maneras y le debían más de un favor.

Intentará matarme, pues sabe que si salgo, me desharé de él, pensó.

Oscureció pronto. Cornelius se sentó, y se perdió en sus pensamientos.

Escuchó unos pasos, se abrió la cortina de entrada y entró el general Germánicus con una lámpara en mano, la cual puso sobre la mesa.

Cornelius se puso de pie y saludó con el golpe al pecho. El general se sentó. Cornelius hizo lo mismo.

Después de un largo silencio, finalmente el general habló.

—Por supuesto que no creo que tú estás detrás de la muerte de Julius.

—Me conoce lo suficiente como para saberlo. Y sabe bien quién está detrás.

—Eso no lo sé.

—¡Por supuesto que lo sabe! —dijo Cornelius levantando un poco la voz— ¡Prácticamente me lo confesó!

Germánicus lo miró, sus ojos brillando, su semblante con un rastro de enojo.

—Cuando digo que no lo sé, es porque no lo sé. Una cosa es tener sospechas, otra es tener algo por cierto. Y eso es lo que tú tienes también: una sospecha.

—Me dijo que no tenía cómo probarlo.

—Tiene razón. Porque es una sospecha. No tienes cómo probar tu sospecha.

—Encontré a Julius en su propia tienda, acuchillado por la espalda cobardemente. Si yo lo hubiera matado, no lo haría así. Puedo ser muchas cosas, pero cobarde no.

Entró un soldado con dos vasos de latón y se los entregó al general, quien le pasó uno al centurión. Era vino. Cornelius lo ingirió con gusto, pues acababa de percatarse de que estaba muy sediento.

—Así que lo encontraste muerto.

—Así es. Servius puede verificarlo.

—¿Alguien más?

—No lo sé. No puedo investigarlo encerrado aquí.

—El testimonio de Servius no será suficiente. Es tu *optio,* tu mano derecha. La corte romana no admitirá su testimonio.

—Puedo probar mi inocencia, pero tengo que salir de aquí. Debe dejarme salir.

—Eso no lo puedo hacer, y lo sabes —dijo el general dándole un trago al vino—. Has sido acusado por un centurión, y no cualquier centurión. Es un noble. Tú sabes cómo funciona nuestra política.

—La justicia romana es la mejor del mundo. Pero aun así...

—Aun así está podrida.

Cornelius trataba de relajarse. Los músculos de su quijada se movían incesantes. Estaba furioso, pero no tenía por qué desquitarse con el general. Eso solamente lo perjudicaría. Conocía a Germánicus desde tiempo atrás, y tenía la certeza de que estaba de su lado. Pero Tiberius lo había acusado, y una acusación de ese tipo tenía que tratarse con cautela.

—¿Tiberius dice tener testigos? —preguntó Cornelius.

—Tiene dos testigos. Los dos son de la guardia personal de Julius. Es por eso que no puedo más que encarcelarte.

—Los compró. Malditos canallas. Vendieron a su centurión por unas monedas de plata. Merecen la muerte.

—Si lo hicieron, morirán por ello. Pero ¿traicionarían a su centurión por dinero? Quiero pensar que no es posible.

Cornelius se puso de pie y caminó hacia un extremo de la tienda. Levantó los brazos y dijo:

—¡Claro que es posible! En Roma el dinero compra cualquier cosa. Todo hombre tiene un precio. El precio de su honor se incrementa solamente por su posición en la sociedad.

—Una declaración muy cínica.

—¿Cínica? Verídica.

Hubo un momento de silencio.

—Esto es lo que puedo hacer —dijo el general—. Soltaré a Servius. Pero tú tendrás que ir a Roma y defenderte allí. Eres ciudadano romano, tienes ese derecho.

—¿Y después?

—Usa a Servius para probar tu inocencia. Que se cuide bien la espalda, porque si esto es una conspiración en tu contra, tan pronto salga Servius libre, su cabeza tendrá precio.

—Servius puede cuidarse por sí mismo. Confío en eso.

—Siguen llegando más sobrevivientes. Ustedes no fueron los únicos.

—Alguien debió haber visto algo.

—Exacto. Que Servius investigue bien.

Cornelius asintió.

—¿Pero cómo saldrá libre?

—Eso déjamelo a mí. —El general se puso de pie—. Irás a Roma. Yo sé que tienes la capacidad para escaparte, pero si lo haces, parecerá que eres culpable, y vivirás como forajido el resto de tu vida. Así que no lo hagas.

—No lo haré. Pero asegúreme que llegaré a salvo.

—No puedo desperdiciar muchos hombres, pero pondré a varios de los míos, de los mejores, aquellos en quienes confío, para que te lleven hasta allá sin inconvenientes.

—Confío mi vida a usted.

El general caminó hacia la entrada de la tienda, y antes de salir dijo:

—Si eres inocente, los dioses te salvarán. Si eres culpable, ya eres hombre muerto.

Cornelius se quedó allí de pie por mucho tiempo, con un sinfín de pensamientos cruzándole la mente. Después de todo, era un estratega. Para salir de esto tendría que usar su mente, y usarla bien. Su vida estaba en riesgo. Pero estaba acostumbrado a eso.

Si moría, sería en batalla, o postrado en cama por alguna enfermedad, o de viejo.

No moriría por un crimen que no había cometido.

Estaba dormido. Soñaba: Tiberius entrando a la carpa de noche para cortarle el cuello mientras el resto del campamento dormía. Aún soñando escuchó un sonido que lo incomodó. Alguien se acercaba a él.

Se levantó sobresaltado, con un grito atorado en la garganta, y por instinto se llevó la mano a su costado, buscando la espada que no tenía.

—Soy yo, mi señor —dijo Servius.

Allí estaba el soldado, sentado en la silla no muy lejos de él. Con el corazón acelerado, Cornelius respondió:

—¿Cuánto tiempo llevas allí?

—Ni siquiera un cuarto de hora.

—Creo que te escuché entrar, en mis sueños.

—Traté de ser cuidadoso para no despertarlo. Necesita dormir, mi señor. Si me lo permite... se ve terrible.

—Gracias —dijo sentándose sobre la cama—. Ahora dime, ¿qué nuevas hay?

Servius se inclinó y bajó la voz.

—El general me dejó salir hace unas tres horas. Todavía no me dice por qué no se me imputarán los cargos.

—El general se sabe las leyes demasiado bien. Habrá encontrado un hoyo para sacarte por allí.

—No me cabe duda de que así es —respondió Servius, y continuó—: Han llegado casi cincuenta soldados que sobrevivieron el ataque. Entre ellos Gnaeus y Thasius.

—Excelente. Ellos siempre me han sido fieles.

—Están escandalizados de que esté prisionero.

—Cuando Tiberius se entere de que has salido libre, intentará matarte. Tenlo por seguro.

—Lo sé. Es por eso que no me apartaré de Gnaeus y Thasius. Ellos me guardarán la espalda. Los dos son del tamaño de un onagro. Tiberius lo pensará dos veces antes de atacarnos.

—Lo pensará dos veces, sí, pero lo hará. No puedes permanecer mucho tiempo aquí en el campamento. Investiga todo lo que puedas hoy, mañana, y a la tercera noche, huye.

—Se me acusará de traición a la legión por deserción.

—No. Yo hablaré con Germánicus. Le pediré que te asigne una misión de reconocimiento. De esa manera podrás salir bajo esa excusa.

Servius asintió.

—Lo más importante es que recopiles evidencia y puedas sacarme.

—Lo haré. Tiberius es astuto, pero dudo mucho que haya cometido el crimen perfecto. Es un hombre impulsivo.

—Pienso lo mismo.

—¿Y usted...?

—Iré a Roma. Allí argumentaré mi caso ante el bemá. Pero estoy seguro de que Tiberius tendrá sus testigos. A menos que pueda presentar algo de evidencia fuerte a mi favor, seré condenado. De serlo, puedo comprar más tiempo con mis conocidos. Y si no podemos convencer al juez de mi inocencia, tendremos que planear un escape.

—Pero si escapa, será declarado forajido.

—Será el último recurso. Lo más importante es probar mi inocencia. Y para ello, necesitas investigar bien y rápido. Usa todos los medios necesarios. En Roma, quiero que veas a mi esposa e hijo. Explícales la situación. Toma el dinero que necesites.

—El dinero no será problema. Hay dos o tres personas que estoy seguro de que estarán dispuestos a aportar mucho dinero para que usted salga de la cárcel.

—Cierto. Comienza con el juez Vipsanius Marcus. Nos conocemos bien, y me debe un favor. Uno grande.

—Esto califica como grande.

—No pierdas más tiempo, ya que tenemos poco. Probablemente me manden a Roma al amanecer.

—Que los dioses lo acompañen.

—Siempre han estado de mi lado.

Servius salió de la tienda, lanzando una mirada furtiva a su alrededor, sin ver cara alguna en la oscuridad más que la de los soldados que vigilaban a Cornelius, quienes ni siquiera se dieron vuelta para mirarlo.

———

A un tiro de piedra de distancia, Veratius, *optio* de Tiberius, se ocultaba en la oscuridad y miraba con mucha atención a Servius. Lo acechaba como león a su presa.

Ya podré deshacerme de ti también, pensó.

Cuando Servius se retiró, Veratius se apresuró hacia la carpa de Tiberius.

6

—Quiero dejar en claro varias cosas —dijo el decurión.

—Habla con libertad —le respondió Cornelius.

Estaban por salir rumbo a Roma. Cornelius, junto con otros diez soldados comandados por el decurión Aulus Rabirus, montaba como ellos sobre un caballo, pero con las manos atadas al frente, aunque con un nudo no demasiado apretado.

—Lo primero es decirle que lo admiro y siempre lo he admirado —dijo Aulus. Era un hombre de ascendencia africana, con tez morena y mirada firme—. La ley romana establece que una persona no puede ser considerada culpable hasta que dicha culpabilidad sea demostrada en corte. Por lo tanto, por respeto a su posición, lo consideraré mi prisionero, pero lo trataré como un ciudadano romano.

—Me parece justo.

—Por lo tanto, le quitaré las ataduras de sus manos con una condición: que me jure por los dioses que no intentará huir.

—Te lo juro por Mars, mi dios, y por mis ancestros.

—Confiaré en su palabra.

Con esto, dio la orden. Cornelius se sobó las muñecas doloridas y dijo:

—Debe saber que hay personas que buscan terminar con mi vida antes de que llegue a Roma.

—El general me puso al tanto de la situación. No tiene de qué preocuparse. Soy fiel al general, y soy fiel a mi llamado. Te protegeré con mi vida, y haré lo necesario para cumplir con mi misión de llevarte hasta Roma.

—¿Confías en estos hombres? —preguntó bajando un poco la voz.

—Somos pocos, pero confío en ellos.

—Entonces partamos cuando usted dé la orden, decurión.

Aulus jaló las riendas de su caballo y se puso al frente de la compañía. Los hombres instantáneamente guardaron silencio. El decurión, que era un oficial de caballería y comandante de un escuadrón, levantó la voz y dijo:

—Haremos nuestro viaje de regreso a nuestra ciudad. El viaje será largo. Intentaremos hacerlo lo más corto posible. La misión es clara —apuntó a Cornelius—: llevar a este hombre hasta Roma, brindándole salvoconducto. Saben bien quién es, y la importancia de cumplir con nuestra misión. Fallar es sinónimo de morir. ¿Alguna pregunta?

—*¡Ninguna, decurión!* —vociferaron los soldados al unísono.

—¿Hay alguien que se vea impedido de cumplir con esta misión?

—*¡No, decurión!*

—Muy bien. Entréguese cada quien a su dios, y por la voluntad y el poder del emperador llegaremos hasta su presencia. ¡En marcha!

Servius había preferido no encender ninguna lámpara dentro de la carpa. Thasius, un hombre con brazos enormes, estaba sentado junto a él, jugando con su espada. Más que jugar con ella, estaba preparado para usarla. Si bien todo soldado romano era una máquina de guerra, Thasius contaba por cinco. Pertenecía a una familia de guerreros, y su padre lo había entrenado en el arte de la guerra desde temprano. Servius sabía que si eran atacados, tendría que ser por toda una tropa, y Tiberius no se atrevería a realizar un ataque en el mismo campamento romano, no muy lejos de la tienda del general.

Estaban a salvo. Por ahora.

Esperaban a Gnaeus en silencio. Cornelius había salido dos días atrás hacia Roma, y Servius no perdió el tiempo. Ayudado por Thasius y Gnaus, inmediatamente comenzó a interrogar a las personas que llegaban, quienes habían logrado huir de la emboscada. Thasius era un hombre capaz, pero sus talentos eran de guerrero. Gnaus era excelente soldado también, y tenía una mente astuta, además de que era el tipo de persona que conocía a todos, y todos a él. Los soldados lo respetaban. Así que fue él quien descubrió al informante que necesitaban.

Esperaba ansiosamente que todo fuera cierto. Que fuera la persona que Gnaus decía. Tenía que ser. Gnaus era cuidadoso con eso.

Finalmente se escucharon pasos. Thasius se puso de pie, alerta. A la tienda entró Gnaus, seguido por un joven soldado, con expresión nerviosa.

Servius sonrió por dentro. Sí, era él. Su nombre: Titus Socius, sobrino del emperador, del linaje de la poderosa casa Calidius.

El joven tomó asiento. Inmediatamente recobró la compostura. Aunque joven, venía de una casa noble y sabía que no pasaría mucho tiempo como soldado, sino que pronto ascendería los rangos para convertirse en oficial. Estaba acostumbrado a que lo obedecieran en su hogar, pero en este momento estaba delante de Servius, que era un rango más alto, así que estaba obligado a mostrarle respeto.

—Vayamos directo al punto —le dijo Servius.

—Muy bien. Esto es muy sencillo. Tengo evidencia de que el centurión Cornelius es inocente —respondió Titus.

—Tú eras parte de la guardia personal de Julius. ¿Cierto?

—Correcto. Pero la noche del ataque, cuando me levanté por ser la vigilia que me tocaba cubrir, fui interceptado por Veratius.

—El *optio* de Tiberius.

El joven asintió:

—Me dijo que Julius me había ordenado urgentemente ir al puesto de vigilia al suroeste del campamento. Se me hizo extraño, y más que la orden viniera de Veratius. Me apresuré, de todas formas, a cumplir la orden. Pero cuando iba de camino... comencé a dudar. Esa duda me salvó la vida, ya que los bárbaros atacaron con más fuerza por allí.

—¿Por qué la duda?

—Porque dos noches antes vi a Veratius hablando en susurros con tres miembros de la guardia personal de mi centurión, y se me hizo extraño. Cuando me vieron, dejaron de hablar.

—Probablemente planeando el ataque. O comprándolos. ¿Veratius no habló contigo, también?

—No. Quizás porque mi casa y la del centurión tienen una buena amistad. Sabía que no lo traicionaría. Prefirió mandarme a la muerte.

—Seguramente.

—Entonces me regresé al campamento para confirmar la orden con Julius. Fue allí que vi lo que sucedió.

Servius se inclinó hacia adelante.

—Era Tiberius, saliendo de la tienda del centurión, junto a su *optio*. Inmediatamente supe que algo andaba mal y me escondí. Sospeché traición, pues era la hora de dormir del centurión, y ningún guardia lo resguardaba. Además, la manera en que salió Tiberius de allí... Lo pude notar. No pude ver su sonrisa, pero sí percibirla.

—¿Tiberius mismo lo mató? —dijo Gnaus incrédulo—. ¡Maldito sea por los dioses!

—Esto es suficiente evidencia —dijo Thasius—, vayamos directamente con el general. Arrestará a Tiberius inmediatamente.

—No —dijo Gnaus—. Tiberius tiene dos supuestos testigos, y nosotros uno. Será la palabra de ellos contra la de Titus. Lo mejor es tomarlo por sorpresa. Que no se lo espere. Vayamos a Roma a preparar nuestra defensa. Podemos poner suficiente duda en la mente del juez para sacar libre a Cornelius. Ya estando libre, planearemos qué más hacer.

—Me parece bien. Hay que proceder con cautela —dijo Servius.

—Todavía no puedo creer que Tiberius lo haya matado con sus propias manos —dijo Gnaus.

—A mí no me sorprende que lo haya hecho él mismo —dijo el joven soldado—. Entre los dos hay una historia oculta que pocos saben.

—Nos interesa saberla —dijo Servius.

—Lo que están por escuchar puede costarles la vida.

Los tres soldados se acercaron a Titus Socius.

7

Roma, la bella, la poderosa.

Cada vez que Cornelius regresaba a la gran ciudad, y la observaba a lo lejos, se le ponía la piel de gallina. Era indudablemente la ciudad más espléndida del mundo, y según creían los romanos, incluyéndolo, la ciudad más hermosa en la historia de la humanidad. Con sus acueductos, estadios, palacios, estatuas, mercados y casas espléndidas, no había otra ciudad en el Imperio que pudiera rivalizarla.

Las calles llenas de personas provenientes de los cuatro puntos del Imperio le recordaban la grandeza de Roma. Nunca, en la historia de la humanidad, había existido un reino como el romano. Ni siquiera los griegos, con toda su sabiduría, lograron unificar el mundo. Para Cornelius, ser romano era un gran orgullo: eran el pináculo de la raza humana, cuyo destino era regir el mundo por mil años y más.

La ciudad le quitaba el aliento. Había viajado por el mundo conocido, y por lo tanto visto desde montañas majestuosas hasta villas pintorescas.

Pero nada como Roma.

Incluso con el mal olor de las calles angostas, las casas pequeñas apiladas una sobre otra, los políticos corruptos y los patricios sedientos de poder, esta era la gran ciudad de todo el mundo. Cornelius creía lo que decían todos: Roma nunca caería.

Aunque había nacido y crecido en Macedonia, su pueblo natal no estaba demasiado lejos de la capital, así que su padre lo había llevado a conocer Roma desde pequeño. Su primera impresión la recordaba de cuando tendría unos cuatro o cinco años, cuando su padre lo llevó con él a un viaje de negocios. Se hospedaron con un mercader que vivía en el corazón de la ciudad, en una enorme casa llena de siervos.

No que Cornelius no estuviera acostumbrado a una vida así. Ellos también, en Macedonia, vivían en una propiedad grande, la cual terminaron vendiendo unos años después para mudarse a Roma, en donde Cornelius fue educado, y donde se enlistó para el ejército.

Allí estaba, de regreso, en la ciudad donde vivía su familia.

—Aquí estamos —dijo el decurión Aulus Rabirus.

—Aquí estamos —repitió Cornelius.

—¿Eres de aquí?

—De Macedonia. Pero crecido y educado aquí.

—Yo soy de Tarsus, aunque ciudadano romano.

—He estado en Tarsus. Bella ciudad.

—Macedonia es preciosa.

—Lo es.

—Iremos directamente al calabozo. Yo me encargaré personalmente de avisar a tu esposa, para que pueda visitarte cuanto antes.

Cornelius asintió:

—Agradezco todas tus bondades. Nunca me olvidaré de ello.

Así que lo escoltaron, y dos horas después ya estaba procesado y encarcelado. Lo pusieron en un calabozo húmedo que olía a muerte, pero por su posición no lo lanzaron a las últimas sino a las primeras celdas, incluso cerca de una ventana por donde alcanzaba a ver el cielo que comenzaba a pintarse de morado.

No era la primera vez que estaba en prisión, sin embargo sí era la primera vez en una prisión romana. En su vida lo habían capturado cuatro veces y torturado en tres de ellas. Su cuerpo llevaba las marcas de la tortura. Era un milagro de los dioses que aún tenía todas sus extremidades. Pero comenzaba a preocuparse por su brazo, pues no podía moverlo bien, y la piel alrededor de su herida estaba ya color azul morado. Le prometieron doctor pronto, pero ninguno se había presentado.

En la celda se encontraba otro hombre, quien no había pronunciado palabra. Estaba sentado en una esquina con los ojos abiertos y la mirada fija hacia adelante, mirando a nada en particular.

Cornelius no le hizo pregunta alguna. Lo prefería así.

Le trajeron de cena un vaso de vino bastante diluido, un pedazo de pan duro, y un potaje de lentejas que parecía tener días. De todas maneras lo comió de buena gana, pues ya el hambre era mucha.

Oscureció. La oscuridad dentro del calabozo era casi absoluta. Tuvo un sueño atribulado, en el cual de un tempestuoso mar salía un caballo negro de seis patas, con cabeza de humano. El caballo se hacía más y más grande, hasta que pudo distinguir que la cabeza era la de Tiberius, que enseñaba dientes como de tiburón y ojos de lagarto.

Comenzaba a perseguirlo por el mundo, y mientras más intentaba huir de él, más se acercaba. Cornelius lanzaba flechas, pero ninguna daba en el blanco. El caballo Tiberius ni siquiera las esquivaba, estas se incrustaban en su cuerpo sin dañarlo. Corría más rápido, pero Tiberius lo alcanzaba hasta que podía sentir el aliento caliente en su cuello, y esperaba que le clavara los dientes...

Se despertó con un grito ahogado en la garganta al escuchar que una puerta se abría. Estaba tirado en el suelo, en un tapete maloliente por cama.

Escuchó pasos, luego una luz, y de pronto apareció frente a él la cara de su esposa.

8

Su corazón se agitó de tal manera que se le nubló la mirada. Allí estaba ella, con el rostro resplandeciendo a la luz de la pequeña lámpara de aceite que traía con ella.

—Vesta —dijo él, el nombre le salió en un suspiro.

Ella cerró los ojos y comenzó a llorar, sollozos silenciosos.

—Debo verme peor de lo que creí —le dijo Cornelius tratando de arrancarle una sonrisa.

Casi lo consiguió. Ella lo miró. —Te ves terrible.

—Pero estoy bien.

—Tu hombro... Necesitas un médico.

—Un médico me vendría bien. Manda llamar a Marcelo.

—Sí. Vendrá con gusto.

—Lo sé.

Cornelius extendió las manos para entrelazarlas con las de ella. Ella temblaba. Dejó que pasara un poco de tiempo, que se suavizara su nudo en la garganta. Esta era la mujer que amaba, por quien daría su vida, y a quien había juramentado proteger. La madre de su único hijo. Lo encolerizaba verla así, sabiendo que era por una injusticia.

Ella levantó la mirada.

—Dicen que estás aquí por traición. Que mataste a Julius.

—¿Lo crees?

—¡Ni por un momento! —respondió casi indignada.

—Bien haces. Saldré de aquí pronto, pero primero debo testificar a mi favor.

—¿Quién lo hará? ¿Solo tú? ¡Sabes que eso no es suficiente!

—Dejé a Servius investigando a mi favor. Confío completamente en él.

Ella se tranquilizó al escuchar eso. Sabía bien que Servius era digno de confianza.

—Tan pronto como salga de este lugar, limpiaré mi nombre y ejecutaré mi venganza sobre Tiberius.

—¿Tiberius? ¿Él está detrás de todo esto?

—Sí. Así que cuídate de él. No dejes que nadie asociado con esa rata se te acerque, ¿queda claro?

Ella asintió.

—¿Cómo está mi hijo?

—Ansioso por verte.

—¿Sabe algo de esto?

—Nada.

—Y así debe ser. No quiero que se entere de esto jamás.

—Así será.

Su hijo, el pequeño Maximiliano, llamado así como su tatarabuelo, tenía cinco años y era el gozo de su vida. Afortunadamente, como siempre decía Cornelius, se parecía más a su madre. Tenía sus ojos grandes, su nariz soberbia, su cabello rizado.

—¿Qué haremos cuando la gente se entere? —dijo ella.

—Lidiaremos con ello cuando tengamos que hacerlo. Limpiaré y defenderé mi honor. Lo juro por los dioses. Lo juro por Mars.

—Nuestra causa es justa. Él nos escuchará. —Ella bajó la vista, llorando en silencio.

Cornelius se sentía impotente viéndola así, y quería hacer algo, pero no había nada que hacer, por lo menos no en ese momento. Tendría que esperar, ser cauteloso, y actuar en el momento preciso. Su libertad dependía de ello. El futuro de su familia dependía de ello.

No estaba dispuesto a perderlo todo, no sin luchar hasta la muerte si fuera necesario.

Cuando Vesta se marchó, él se quedó allí, en la oscuridad de la noche, perdido en sus turbulentos pensamientos, sin poder dormir.

Al siguiente día, Marcelo, el médico, vendó sus heridas y le dio medicamento. Pasaron otros tres días, tres largos días, antes de que Servius pudiera verlo. Llegó por la noche.

—Puedo sentir que traes buenas noticias —le dijo Cornelius.

Aunque no se podía ver bien en la oscuridad, la pequeña lámpara que llevaba Servius era suficiente para iluminar su sonrisa.

—Vamos a sacarlo de aquí, mi señor —le dijo. Y le contó todo. Le dijo cómo encontró un testigo que podía verificar que el culpable del asesinato era Tiberius. Y aún mejor, el testigo era familiar del emperador, así que su testimonio tendría más peso que el de los soldados de Tiberius.

—Y eso no es todo —continuó Servius—, el juez que presidirá tu juicio es Vipsanius Marcus.

Cornelius lanzó un grito de alegría.

—¡Estoy salvado!

El juez Vipsanius pertenecía a una casa que estaba en perpetua guerra contra los Favius. No era un secreto que el juez por mucho tiempo buscaba alguna excusa para acabar con los Favius. Las dos familias tenían un territorio que habían estado disputando ante las cortes por años.

—Los dioses deben estar de nuestro lado —dijo Cornelius.

—Definitivamente —respondió Servius—, pero eso no es todo. Hay más.

—¿Me vas a decir, o no?

Servius miró a su alrededor.

—No hay nadie aquí más que prisioneros —le dijo Cornelius.

—Es una conspiración, mi señor —susurró.

—Explícate.

—Esa es la razón por la cual se deshicieron del centurión. Por un chantaje.

—¿Quién? ¿Quién chantajeaba a quién?

—Julius a Tiberius.

—¿Pero por qué?

El *optio* bajó aún más la voz:

—Julius descubrió que Tiberius es parte de una conspiración en contra del emperador. Varias familias, tanto de soldados como de senadores, se están uniendo para asesinar al César. Y Tiberius es una de las piezas clave. Uno de los cabecillas. Uno de los organizadores. De alguna manera se enteró Julius, y decidió confrontarlo.

—No puedo creer que no me dijera.

—No tengo todos los detalles. Todavía no sabemos todo, exactamente. Lo cierto es que Tiberius decidió deshacerse del centurión de una vez por todas, y así quedarse con la legión.

—Así se deshacía de su rival, y al mismo tiempo ascendía en poder.

—Exactamente.

—Nada tonto.

Cornelius podía sentir el pulso en la frente. Resoplaba furioso.

—¿Y el general Germánicus? —preguntó Cornelius.

—Hasta donde sé, él no sabe nada.

—Bien. La cuestión sigue siendo la misma. Salir de aquí lo más rápido posible. Si hay una conspiración contra César, debemos decirle cuanto antes. Y si Tiberius sospecha que el general sabe algo, no dudo que intentará deshacerse de él también. Cuando se trata de conspiraciones a este nivel, la vida no vale nada.

—¿Se atrevería a atentar en contra del general?

—Por supuesto que sí. Todos corren peligro. Hasta el juez.

9

Mientras caminaba por una calle angosta y desierta, Tiberius meditaba en su rol en la historia del Imperio. Él le debía todo a Roma, pero no al emperador. Los emperadores eran dioses, pero dioses mortales. Al final, todo se resumía en una sola palabra:

Poder.

No pretendía convertirse en emperador. Sin embargo, sus ambiciones eran altas. Y su lealtad era a Roma primero, y la familia justo después.

Haría cualquier cosa por conservar el poder en su familia. Cuando Roma reinara sobre todos los pueblos y naciones, hasta aquellos remotos, su familia reinaría también.

La casa Favius.

Pudo sentir a alguien aproximándose a su derecha.

Sin pensarlo dos veces, sacó de su cinto una navaja. Puesto que estaba en una calle rodeada por casas altas, solo pudo distinguir la sombra de un hombre, y su instinto le dijo que estaba por ser atacado.

Obedeciendo su instinto, se abalanzó en contra de su atacante misterioso y le clavó la hoja de la navaja justo en el pecho.

Pudo oler el aliento alcohólico de su atacante, su olor fétido, y gracias a un rayo de luz proveniente de la luna, observó los ojos grandes y sorprendidos del hombre al que se le deslizaba la vida tan rápidamente como había entrado la navaja en su cuerpo.

—Limosna, por los dioses —musitó entre dientes antes de caer al suelo, retorcerse un poco, y morir.

Era tan solo un vagabundo.

A veces los instintos fallan, pensó.

Se quedó allí de pie, mirando al vagabundo, mientras un charco de sangre se formaba por debajo del pobre. Estaba tan acostumbrado a la muerte que hace mucho no sentía nada al ver a un hombre morir. Pero al ver al viejo alcohólico, ya sin vida, sintió apenas un poco de lástima. Aquí estaba un hombre que había desperdiciado su vida entera, y que ahora estaba muerto, sin que a nadie le importara.

Ya había perdido la cuenta de a cuántos hombres había matado en guerra. Muchos. Todos ellos merecían morir. Así era la guerra.

Pero también había matado a otros que no merecían la muerte, simplemente eran un estorbo. Julius era uno de ellos. El centurión había sido un buen hombre. Valiente. Respetado. Pero metió su nariz en donde no le importaba, y le costó la vida.

Lo único que odiaba de todo el asunto era la facilidad con la que lo mató. Julius no escuchó cuando entraron en la tienda, y apenas soltó un gruñido cuando la espada le atravesó el corazón.

Debió haberse cuidado la espalda, como todos, pensó.

Se arrodilló junto al vagabundo, le cerró los ojos, y murmuró una oración a los dioses, para que lo aceptaran en los Campos.

Se alejó del lugar. Tenía cosas importantes que hacer. No sería la última muerte esa noche.

———————————

Al juez Vipsanius Marcus le gustaba vivir la buena vida. Estaba acostumbrado a ella. Su familia tenía años desde que se habían asentado en Roma, y prácticamente todos eran ricos, personas importantes, esos pocos que movían a muchos.

Vipsanius gozaba de una copa de vino en la terraza de sus aposentos. Era casi un palacio. Veinte sirvientes a su disposición. Comida en abundancia. Sabía que no había hecho nada para merecer todo lo que tenía. Había sido decisión de los dioses. Ellos favorecieron a su familia y también a él. No le interesaba saber por qué. Simplemente era así. Algunos nacían en fortuna, otros en desgracia. Él era de los primeros.

Aunque todo tipo de placer estaba a su alcance, también era un hombre de familia. Tenía tres hijos, uno de ellos con apenas doce años. Su esposa, si bien padecían de una relación tempestuosa, era su fortaleza en tiempos de dificultad.

El juez miraba las estrellas preguntándose si, en verdad, al morir terminaría allá junto con sus ancestros. Imposible saberlo con seguridad, pero eso creía. Era su fe. Cuando su tiempo en la tierra terminara, llegaría el tiempo de lo siguiente.

Para eso faltaba todavía algo de tiempo.

Se estiró, y crujieron varios huesos.

—Estoy envejeciendo —se dijo entre dientes.

Tenía 60 años, después de todo. Su padre había muerto a los 63. Pero él se sentía fuerte. Sabía que todavía le quedaban varios años de vida.

—Muchos años más —se dijo a sí mismo.

Dejó la copa vacía en una mesa y caminó hacia adentro por un largo corredor tapizado con alfombras finas traídas de todas partes del mundo. Algunas de los bárbaros del norte. Otras provenían de remotas aldeas en Etiopía. La más nueva, colorida y hermosa estaba hecha de seda y la había comprado a un hombre de tés morena que venía de una caravana del otro lado del mundo, en aquellos lugares donde Roma no había llegado, pero que algún día lo haría.

No existía ejército como el romano. Ni en el pasado, tampoco en el presente, y no lo habría en el futuro. Llegaría el día en donde todos se postrarían ante el emperador. Ante Roma.

Tan solo pensar en eso le trajo una sonrisa a su rostro.

Su esposa Maximila descansaba en un sillón, atendida por dos siervas que le cepillaban el cabello en preparación para dormir.

—¿Ya a dormir, querido? —le preguntó.

—Me daré un baño rápido.

—Muy bien —dijo ella sin ponerle demasiada atención.

No todos tenían el lujo de un baño privado. Ni siquiera todos los senadores tenían casas con uno. Había mandado calentar el agua dos horas antes, así que cuando entró al cuarto, estaba lleno de vapor.

Justo como le gustaba.

Se quitó la túnica y entró al baño. Era hecho de piedra, redondo, suficiente espacio como para unas cinco personas.

Se sentó, con el agua hasta los hombros. Inclinó la cabeza hacia atrás y suspiró en voz alta.

—Lo que necesitaba —dijo.

Sí, había pasado el día entero en corte. Ya era momento de disfrutar un poco de paz.

Vipsanius se consideraba un juez justo. Por supuesto, había caído en actos de corrupción, pero eso era normal. Todos los jueces eran corruptos en Roma, algunos menos que otros.

Él era de los menos corruptos. Leal a sus amigos. Misericordioso con los pobres. Nunca, o casi nunca, se ponía del lado de los ricos solo porque tenían dinero. Eso le trajo muchos enemigos, pero no se preocupaba demasiado por eso.

En su mente, estaba seguro de que viviría otros diez años más, o con la suerte de los dioses, veinte más.

Aunque tenía espías por todos lados que le informaban de los movimientos de sus enemigos, este día sus espías le fallaron. Nunca llegó a enterarse de que dos de sus siervos estaban tendidos en el patio, muertos. Nunca imaginó que alguien sería capaz de caminar sigilosamente por los pasillos de su palacio sin ser visto, y deslizarse en silencio al baño, oculto por la oscuridad blanca del vapor.

Los ojos de Vipsanius se abrieron grandes cuando le jalaron el cabello hacia atrás. Lo último que sintió fue el frío de la hoja de una navaja sobre su cuello.

No tuvo tiempo de pensar quién, o por qué. Abrió la boca para gritar, pero el grito nunca salió.

Segundos después, su cuerpo flotaba en un balneario carmesí.

Tiberius salió de la casa de Vipsanius Marcus con el corazón acelerado. Deshacerse de un juez no era poca cosa. Era alta traición en contra del Imperio.

Algunas veces se deben tomar riesgos, pensó. *Tomar el asunto con las propias manos, literalmente.*

Ya no había marcha atrás. Cornelius nunca saldría de esa cárcel. Él se aseguraría de ello. Estaba dispuesto a hacer lo que fuera.

Por eso decidió atar todos los cabos la misma noche. Deshacerse de todo el problema de una vez por todas. Después de hoy, el camino estaría despejado, el camino hacia el poder.

Se detuvo por un momento. Sacó un pañuelo de un bolsillo y limpió la sangre de la navaja que todavía llevaba en mano.

Entonces se retiró de allí.

10

Sentado frente a un escritorio lleno de pergaminos, el general Germánicus preguntó:

—¿Alguna noticia de Cornelius?

El jefe de su guardia personal, quien acababa de llegar de Roma con noticias, negó con la cabeza:

—Sigue en la cárcel, mi señor.

—¿Y Tiberius?

—Está en Roma también. Dará testimonio en juicio contra Cornelius.

Se encontraban dentro de la carpa del general, tomando un poco de vino y comiendo pan duro. Todavía no llegaban las nuevas provisiones, así que tenían que conformarse con lo que había.

Afuera silbaba el viento. Nevaba de nuevo.

—Supongo que te encontraste con quienes te dije.

—Así es, mi señor. —El soldado titubeó—. Lo que se oye... no es nada bueno. Se oyen rumores de una conspiración, una sedición hasta los más altos mandos. Algunos dicen que Cornelius está involucrado, y otros piensan que es al revés, que es Tiberius.

—Juro por los dioses que apostaría toda mi fortuna a favor de Cornelius.

—Yo también, si me preguntaran. Cornelius es un hombre de palabra —dijo, y agregó—: También hablé con el *optio* de Cornelius. Él tiene toda una teoría sobre lo que sucedió.

—Cuéntame.

El soldado le contó al general sobre la conspiración de Tiberius contra Julius, el chantaje, el asesinato. El general escuchó con atención, sin dar muestra en su rostro de sorpresa alguna. Luego se puso de pie y se paseó por la carpa, caminando en círculos, pensando.

Pasaron varios minutos en silencio.

—No tengo más preguntas —dijo finalmente—. Puedes retirarte.

El soldado se levantó, se golpeó el pecho, caminó rumbo a la salida, dudó un poco, miró de nuevo al general y dijo:

—Deberemos tener cuidado, mi general. Todo este asunto huele mal.

—Huele a un montón de cuerpos muertos —respondió el general, pensativo.

El general Germánicus continuó con su trabajo tedioso de responder a las diferentes cartas que había recibido. Un buen número eran informes a ciertos senadores, algunos de ellos habían aportado fuertes sumas de dinero para la campaña de guerra. Otras estaban dirigidas a generales en los varios frentes. Pero lo hacía absorto en sus pensamientos, pues no podía dejar de pensar en lo sucedido.

Si esto era cierto, si había una conspiración en contra del emperador, y si uno de sus centuriones era responsable de asesinato, conspiración, sedición, y alta traición... entonces quizás ya estaba él demasiado viejo para esto.

¡Traición y asesinato, frente a sus narices! ¿Cómo es que no había sospechado? Ese sexto sentido del que se jactaba tal vez ya se había oxidado hace mucho.

Se levantó y se estiró. Tronaron, le pareció a él, todos sus huesos.

Estoy poniéndome viejo, pensó. En realidad, el general era un hombre joven. Parte de su fama provenía de que algunos lo asemejaban a Alejandro, el general griego. Sin embargo, Germánicus había librado ya suficientes batallas, tantas que su cuerpo, en ocasiones, se sentía débil.

Salió de la carpa y el viento helado le pegó en la cara. Se tapó la cabeza con la capucha, y caminó entre las carpas de sus soldados.

Algunos soldados se resguardaban en las fogatas encendidas por todo el campamento, y lo saludaban al pasar.

—Que los dioses lo guarden, mi general.

—Buenas noches, mi general.

—A su servicio, mi general.

Caminó al extremo del campamento. El bosque frente a él lo invitaba a adentrarse en su oscuridad. En contra de su mejor juicio, hizo caso al consejo del bosque y caminó hacia él, andando entre los altos troncos que impedían el descender de los copos. Sus botas de cuero trituraban la nieve al caminar, elevando un canto suave y rítmico que le hacía compañía al ulular del aire.

Llegó a una parte sin árboles, un pequeño hueco en el bosque. Había una roca grande allí en medio y se sentó sobre ella. Cerró los ojos y se perdió en sus pensamientos.

Perdió la noción del tiempo, dejándose llevar por los recuerdos de una vida que pasaba demasiado rápido. Ya ni siquiera anhelaba regresar a casa. Su hogar era aquí, y allá, y dondequiera que hubiera guerra. Sus soldados eran sus hijos, la guerra su madre, la espada su amante.

Acarició su espada con la yema de los dedos. Era un arma hermosa, bien hecha, con una empuñadura azul. Se la había regalado su padre al enlistarse en el ejército, años atrás. Su padre había sido también un general, quien perdió la vida en una batalla. Una muerte honrosa y gloriosa para un guerrero.

A decir verdad, Germánicus prefería morir en el campo de batalla que como un viejo decrépito, en cama, sin poder alimentarse a sí mismo.

Pero eso lo decidirían los dioses.

Por otro lado, no le hubiera venido mal descansar un poco de esta vida. Conocer a sus nietos. Gozar de la paz del Imperio que había luchado tanto por mantener.

Escuchó a sus espaldas el tronar de una rama. Fue apenas un susurro en la noche, un sonido suave fuera de lugar. Nadie se aproximaría a él tan sigilosamente a menos que...

Se levantó de un salto, giró hacia su atacante y desenvainó su espada al mismo tiempo que una flecha se clavaba en su hombro izquierdo.

No pudo evitar un grito, un grito que exageró para que hiciera eco en el bosque y lo escucharan sus hijos, sus soldados, quienes vendrían a su rescate.

Corrió en dirección de su atacante, una sombra junto a un árbol. Si había más de uno probablemente otra flecha se clavaría en su cuerpo pronto, pero si este era el único atacante tenía un poco de tiempo antes de que pudiera lanzarle la segunda flecha. No mucho tiempo.

Con un grito se acercó al arquero, quien logró lanzar otra flecha que le pasó zumbando la cabeza, y Germánicus le clavó la espada en el vientre.

Apenas poco tiempo después llegó el jefe de su guardia personal con otros quince soldados, empuñando antorchas.

—¡Mi general!, ¿está bien?

—Alúmbralo —dijo Germánicus apuntando al hombre agonizante en el suelo.

El jefe de la guardia se acercó, alumbró al atacante, y exclamó:

—*Por los dioses.* ¡Es Veratius!

El *optio* seguía con vida. Los miraba con una mezcla de miedo y odio. Jadeaba. Un hilo de sangre bajaba por su mejilla.

El general se puso de cuclillas junto al soldado.

—Atacar a tu propio general es la más alta traición que puedo pensar.

El jefe de la guardia escupió, furioso.

—Normalmente, un ciudadano romano merece ser juzgado en corte —continuó Germánicus—. Pero en tu caso no será necesario. Hoy yo soy tu general, tu juez, y tu verdugo.

Dicho eso, le acercó la espada al cuello.

Veratius ni siquiera pudo gritar.

11

Cornelius se despertó sobresaltado. Varias personas se aproximaban rápidamente en la oscuridad. Se puso de pie. Finalmente entraron tres hombres, los tres con antorchas, y pudo reconocer a uno de ellos: Servius. Los otros dos eran guardias.

—Rápido, abre el cerrojo —le ordenó Servius a uno de los guardias.

—¿Qué sucede? —preguntó Cornelius.

—Han dado orden inmediata de liberarlo, mi señor —respondió Servius.

—¿Eh? ¿Por qué? —La noticia lo puso inmediatamente en estado de alerta.

—Se lo explicaré en el camino, mi señor —dijo Servius mientras el pesado candado se abría con un *taclang* que rebotó en las paredes.

—¡Sáquenme a mí también! —dijo una voz en la oscuridad.

—Yo soy inocente. ¡Abre mi puerta, maldito! —exclamó otro.

Cuando la puerta se abrió, Servius le dio a Cornelius un bolso de cuero y le dijo:

—Aquí hay algo de pan y queso, por si gusta ir comiendo en el camino. —Y agregó—: Logré conseguir su espada también —dijo al entregársela. Servius sudaba abundantemente y estaba agitado.

Se pusieron en marcha, serpenteando entre los angostos pasillos que llevaban a la salida de aquel calabozo húmedo y maloliente. Los presos gritaban incoherencias y maldiciones mientras ellos avanzaban.

—¿Quién dio la orden de ponerme en libertad? ¿Ya lo sabe mi esposa?

Servius no respondió. Doblaron a la derecha, el guardia abrió una gruesa puerta metálica, caminaron por otro pasillo, luego otra puerta igualmente robusta.

Estamos saliendo por otro lado, pensó Cornelius. *Esta no es la entrada principal.*

Sus sospechas se confirmaron cuando repentinamente salieron a un callejón estrecho, con paredes altas, y arriba las estrellas tenuemente iluminando la noche.

Sin decir nada más, los dos guardias cerraron la puerta, sonó el tronar del picaporte, y se encontraron en silencio.

———————

—Nadie sabe de la huida —dijo Servius—. Excepto algunas personas poderosas. Pero lo más importante es llegar a su casa lo más rápido posible, y salir de aquí.

—¿De aquí?

—De Roma —dijo Servius echando a correr—. Dejé los caballos por aquí cerca, no hay tiempo, mi señor.

Cornelius siguió a su *optio* sin decir más, y corrieron en la oscuridad hasta llegar a un mesón con un pequeño establo a un lado. Un muchacho guardaba el establo mientras dormía en una silla.

Servius lo jaló por el hombro. El muchacho se despertó y abrió los ojos grandes, quizás pensando que lo asaltaban, luego reconoció a Servius y se calmó. El soldado le puso una monedilla en la mano y le dijo:

—Gracias, muchacho, nos marchamos.

Entraron al establo. Había tres caballos y Servius señaló dos de ellos.

—Su casa no está lejos de aquí, ¿cierto?

—No, en menos de la mitad de una hora llegamos.

Servius saltó y se sentó sobre el caballo.

—Mi señor, el juez Vipsanius está muerto. Asesinado.

—¿Pero qué...?

—Y el general Germánicus...

Cornelius sintió como si su corazón hubiera dejado de latir.

Servius continuó:

—El general sufrió un atentado, pero está bien.

—¿Un atentado? ¿Pero..., cómo..., quién...?

—Veratius intentó matarlo. Pero no lo logró, y ahora está muerto.

Fue como si todo su ser se incendiara en ira.

—¡Maldito seas, Tiberius, por los dioses! —gritó Cornelius.

—Tiberius está deshaciéndose de cualquier cosa que se interponga. Hoy en la noche tenía pensado matarlo a usted y a su familia. Pero con la ayuda del general, logramos sobornar al jefe de turno del calabozo.

—¿Mi familia?

Servius hizo una pausa.

—Creemos que quiere deshacerse también de su esposa, por si ella sabe algo.

Cornelius agitó las riendas, gritó «¡Jia!», y el caballo galopó con fuerza, Servius detrás de él.

Todo sucedía en automático. El caballo de Cornelius galopaba a toda velocidad por la ciudad prácticamente vacía. Si algo le pasaba a Vesta, o a su hijo, perdería los deseos de vivir. Se consumiría el resto de su vida con el dolor de saber que su familia había muerto por su culpa.

No tenía idea si Servius venía detrás de él, pero no le importaba.

Estaba a unas cuadras de llegar a su hogar cuando le llegó el olor a humo, y le invadió un miedo que lo hubiera paralizado a no ser que iba montado sobre el caballo que obedecía su orden de lanzarse hacia el frente.

Mars, por favor..., elevó una plegaria.

Al doblar la esquina vio aquello que detuvo la sangre en sus venas. Con un grito y un jalón fuerte a las riendas logró hacer que el caballo se detuviera, el cual se quejó con un relincho. Cornelius entonces contempló la escena:

Su hogar, su pequeño hogar, humeaba. Aún no estaba completamente en llamas, pero algo de humo salía por las dos ventanas. Acababan de prender el fuego.

Saltó del caballo y corrió hacia la puerta. Estaba a unos cuantos pasos de llegar cuando notó a los cuatro hombres vestidos de negro de pie afuera de su casa, dándole a él la espalda, dos de ellos con antorchas.

Cornelius se detuvo en seco. Estaba por pedirles ayuda cuando comprendió que eran ellos quienes habían prendido fuego a su hogar.

El de extrema derecha se percató de su presencia, lo apuntó, y gritó algo incoherente.

Entonces los otros tres se volvieron hacia Cornelius. Uno de ellos, quien llevaba una de las antorchas en la mano, era Tiberius.

—¡*Tiberius!* —gritó Cornelius.

Tiberius entrecerró los ojos y apretó la quijada. Al principio se había visto sorprendido. Pero inmediatamente cambió su semblante. Tenía ojos llenos de odio. Negó con la cabeza y dijo:

—A ti te tocaba más tarde, pero supongo que lo haré ahora, con mis propias manos.

Cornelius sacó la espada, contento de que Servius se la hubiera dado. *¿Dónde está Servius?* ¿Sería posible que su *optio* era parte de este complot? ¡Imposible!

—Ordena a tus hombres inmediatamente que apaguen el fuego. Esto es entre tú y yo.

¿Había llegado demasiado tarde? ¿Dónde estaban su esposa e hijo? ¿Por qué no salían corriendo?

—Lo siento, Cornelius. No tengo nada contra ti, tampoco contra tu familia. Sabes que no es personal.

—¡*Entonces déjalos en paz!* —rugió.

—Eso no puedo hacerlo, Cornelius. El día de hoy mueres tú, tu esposa y tu hijo. Ellos probablemente ya están ardiendo. Ríndete de una vez y te daré una muerte rápida, sin dolor.

Cuatro contra uno, y su hogar en llamas.

Cornelius gritó y se lanzó contra ellos.

12

El tiempo que transcurrió mientras corría desde donde había estado de pie hacia donde estaban sus enemigos fue poco, pero suficiente para que varias cosas pasaran por la mente de Cornelius.

Pudo ver el rostro preocupado de su esposa la última vez que la había visto. La sonrisa de su hijo Maximiliano, y esa arruga que se le hacía en el extremo derecho de sus labios. El rostro de sus hombres cuando se lanzaban a la batalla.

Y pudo notar también a Tiberius haciendo una señal casi imperceptible con la cabeza, ordenando a sus hombres el ataque. Serían ellos quienes intentarían deshacerse de Cornelius primero, probablemente para dejar que Tiberius le diera solamente el golpe final.

La mente de Cornelius entró a ese modo de combate que había perfeccionado después de años de práctica y disciplina. Si dejaba que sus emociones dictaran sus próximos movimientos, las probabilidades de que muriera en este encuentro eran cuatro a una.

Sin embargo, el entrenamiento que había recibido era de élite, a diferencia de estos tres soldados que se acercaban blandiendo espadas.

Así que en esos breves segundos antes del primer chocar de espadas, decidió que, a juzgar por los ojos que reflejaban una pizca de miedo, el atacante que se aproximaba por la izquierda era el eslabón debil del cual se desharía primero.

Aunque frágil por la falta de comida, la energía por salvar a su esposa e hijo le proporcionó fuerza de tal manera que el primer espadazo mandó a volar la espada de su atacante, quien acto seguido cayó al suelo al recibir el golpe de la espada del centurión.

Los otros dos se detuvieron, sorprendidos por la rapidez con la que había caído su compañero.

—Podrás contra uno, pero no contra tres —gritó Tiberius—. ¡Estás solo, Cornelius!

—¡No está solo! —gritó una voz que Cornelius reconoció inmediatamente. Servius venía cabalgando a toda velocidad, y con un grito de combate se lanzó en ayuda de Cornelius.

Los dos secuaces de Tiberius no tenían oportunidad. El primero cayó herido de muerte casi inmediatamente después, y el segundo, que luchaba contra Servius, se dio cuenta de su innegable final y se dio a la fuga, mientras Servius lo perseguía.

Cornelius buscó con la mirada a Tiberius, pero este no se encontraba por ningún lado.

El muy cobarde había huido. ¡Huido!

La casa ya estaba en llamas. Increíble lo rápido que el fuego consumía su hogar. Algunas personas salieron de sus casas y gritaban: «¡Fuego!». Un incendio, en una ciudad como Roma, con casas tan cerca la una de la otra, podía ser absolutamente devastador.

Corrió a la puerta y entró. Imposible ver. El humo entró por su nariz y boca, y le dio un espasmo de tos que lo retorció hasta doblarlo. Se lanzó al suelo, gateando hasta la habitación donde dormía su esposa y él, pero antes de llegar sintió un cuerpo con sus manos.

«¡Vesta!», quería gritar, pero apenas podía respirar.

La tomó en sus brazos, le cubrió la nariz y boca con la mano, y cerrando los ojos, corrió a la salida.

Logro salir, se tropezó, cayó al suelo, su esposa inmóvil en sus brazos.

Escuchó la voz de Servius, quien parecía hablarle desde muy lejos:

—¡Ya la tengo, Cornelius! ¡Ya la tengo! ¡Está respirando!

Mi hijo...

Se puso de pie, le dio un espasmo incontrolable de tos, y con los ojos entrecerrados regresó a la puerta de su casa. Estaba por dar un paso adentro cuando escuchó un tremendo crujir, el sonido más horrendo que jamás había escuchado, peor que el tronar de los huesos, peor que el aullar de un alma moribunda. Ese sonido que lo persiguió por el resto de su vida, en todas sus pesadillas, un sonido que jamás pudo olvidar por más que lo intentó.

La casa se vino abajo.

Cornelius sintió un golpe en la cabeza que lo tiró de espaldas al suelo, y antes de perder el conocimiento, pensó:

Mi hijo...

PARTE II

EL VENGADOR

13

Dieciciete años después.
Cesarea marítima. Provincia de Judaea.
33 d. C.

Cornelius miraba hacia el mar, perdido en sus pensamientos. El sol, una esfera roja, se metía tristemente en el mar, pintando el cielo de tonalidades rosas y púrpuras.

Finalmente había adquirido una casa grande, decente y con vista al mar, el cual contemplaba desde la terraza del segundo piso. Cuando le tocara retirarse del ejército, se retiraría allí.

Aunque su esposa y sus dos hijas —Maximilia, de trece, y Lucía, de diez— todavía seguían en Roma, esperaba mudarlas hacia acá lo más pronto posible.

Sí, de toda la provincia de Judaea, esta era la mejor ciudad. Había sido fundada por Herodes el Grande bajo los estándares de excelencia romana y, por lo tanto, era diferente a las demás ciudades de la región, que estaban infestadas por los judíos y sus sectas religiosas fanáticas, o griegos sin ciudadanía romana que vivían en casas malolientes.

—¿Algo que desee, mi señor? —preguntó Malco, uno de sus siervos, un joven de 16 años que le recordaba a su hijo que, de estar vivo, tendría la misma...

Cornelius agitó la cabeza para deshacerse de todo pensamiento del pasado. Llevaba ya tres años en Judaea, se estaba acostumbrando. No había mucho que hacer en estos territorios, y la vida en Cesarea era más cómoda que en Roma. La casa, mucho más grande. La ciudad tenía menos gente, y eso permitía que las calles no olieran tan mal como algunas en Roma. Además, sus servicios como centurión romano le habían permitido acumular una fortuna considerable con el paso de los años, así que ya podía vivir con algo de lujo.

Se quedó allí, de pie, pensando en nada.

Desde hace dos meses que ni el tetrarca ni Pilato el prefecto habían solicitado los servicios de su compañía, así que se la pasaba pescando por las mañanas, merodeando la ciudad a mediodía, comiendo y bebiendo —siempre moderadamente— con sus oficiales por la tarde, y leyendo y meditando por la noche.

Había llegado a la provincia sin tener aprecio alguno por los judíos. Eran un pueblo rebelde y soberbio. Algunos años atrás, los judíos que vivían en Cesarea se habían rebelado y protestado fuertemente porque Pilato, a quien también le disgustaban los judíos, había ordenado erigir una enorme águila romana dorada, la cual colocó en pleno monte del templo, encima de una de las entradas principales. Por supuesto, los judíos, que siempre protestaban cuando sus gobernantes romanos construían cualquier cosa que les pareciera remotamente pagana, se volvieron locos. Escribieron cartas al emperador, quien para conservar la paz en la región mandó que quitaran cualquier estandarte romano del templo. Los judíos cortaron el águila en pedazos.

Ese era un ejemplo reciente de las muchas revueltas que los romanos toleraban en la provincia de Judaea. Cornelius estaba absolutamente seguro de que algún día el emperador se cansaría de ellos y los erradicaría de la faz de la tierra.

Sin embargo, con el paso del tiempo tuvo que admitir que le sorprendía su celo religioso. Los judíos eran prácticamente ateos, pues rechazaban a todos los dioses excepto a uno, a quien llamaban el Dios Todopoderoso, el Dios único, el Dios verdadero; un Dios cuyo nombre no pronunciaban, sino que simplemente lo llamaban «HaShem», que quería decir «el Nombre», o «Adonai», que significaba «el Todopoderoso».

Casi todos sus amigos eran romanos, excepto uno: Matías, el sacerdote saduceo. Lo conoció en la corte de Pilato, pues Matías, además de ser sacerdote, era aristócrata. Era un hombre poderoso y sumamente rico que, cuando no estaba en Jerusalén, vivía en una casa que tenía en Cesarea.

Le llamó la atención este hombre porque era letrado y rico, pero con un sentido alto de justicia, lo cual era inusual. Siempre abogaba por lo correcto, aunque significara ponerse del lado romano y en contra de su propio pueblo. «Lo que es justo, es justo», decía con frecuencia.

Cornelius lo esperaba. Se veían una vez a la semana para conversar.

Finalmente Malco anunció la llegada del sacerdote. Cornelius entró a la casa y lo recibió en su cuarto de estudio, donde escribía sus cartas, leía, y meditaba.

—Shalom, querido amigo —le dijo Matías al entrar, saludándolo con un abrazo.

—Si algunos de tus amigos te escucharan decirme amigo —le dijo Cornelius—, probablemente te expulsarían del Sanedrín.

—¡Bah! ¿Amigos? —respondió Matías haciendo un gesto con la mano, indicando que no le importaba—. Si supieran que estoy aquí no me dejarían entrar a la sinagoga.

Los dos se rieron y se sentaron en unos cómodos sillones que Cornelius había mandado traer de Persia. Matías vestía una elegante túnica de diferentes colores y un cinto de cuero. Llevaba un turbante sobre la cabeza, y su blanca barba bien peinada y aceitada.

—El mundo está cambiando —dijo Matías—, y nosotros debemos cambiar junto con él.

—En eso estoy de acuerdo.

Entraron dos de sus siervas trayendo dos copas de vino, pan recién horneado, varios pedazos de queso, nueces, y un tazón lleno de frutas de diferentes tipos.

—¿Cómo está tu mujer? Imagino que parirá pronto —dijo Cornelius.

—Así es. El pequeño Josefo llegará pronto.

—Si es varón.

—Será varón. Lo puedo sentir.

—Pensé que los judíos nombraban a sus hijos después de nacidos.

—Algunos, algunos —dijo Matías mientras le daba un sorbo a la copa. Continuaron hablando de lo mismo de siempre: las nuevas políticas romanas en la provincia, la aristocracia, y finalmente llegaron a los libros.

—Así que... ¿finalmente te decidiste por leer la Santa Escritura?

Cornelius se acomodó en el sillón.

—Sí —contestó—. Estoy por terminar la *torá*.

Matías arqueó las cejas:

—Vaya. Eso es bastante lectura para una semana.

—No hay mucho por hacer en estos días. Y la lectura, debo admitir, es fascinante.

—¿Qué te ha parecido fascinante?

—El comienzo. Con HaShem creándolo todo.

Los ojos del sacerdote brillaron:

—Así es. Nosotros creemos que HaShem Adonai creó el universo de la nada por la palabra de Su poder. Todo lo que existe, existe por Él.

—¿Y los dioses?

—*Oye Israel, Adonai tu Dios, Adonai uno es* —recitó Matías.

—Sabes que yo adoro a los dioses romanos. Específicamente a Mars. Mars me ha librado de incontables batallas. Me ha preservado la vida. La mía y de mis hombres.

—Sé que eres adorador de los dioses romanos, al igual que de los griegos.

—Un pagano, dirías tú.

Matías sonrió:

—Y sin embargo, buscas al verdadero Dios.

—¿Quién dice que no lo he encontrado? —Algo que le gustaba de Matías era que con él se podía debatir y estar en desacuerdo, y nunca perdía los estribos. Era como si considerara a los demás como superiores a él mismo, aunque Cornelius sabía perfectamente que el sacerdote era más sabio que probablemente la corte entera de Pilato. Cornelius lo había escuchado conversar con algunos de sus amigos, algunos de ellos fariseos, como Gamaliel, el anciano rabí, o Nicodemo, el noble fariseo. Sus conversaciones lo impresionaban. Sí, esta era gente inteligente.

Matías hizo una pausa. Se echó unas nueces a la boca, y mientras las masticaba continuó:

—¿Sabes por qué mataron a Sócrates?

Por supuesto que lo sabía. Al igual que la mayoría de los romanos, Cornelius tenía una obsesión con la cultura griega. Los griegos habían conquistado y helenizado el mundo antes que los romanos, imponiendo sus dioses y lengua sobre el mundo entero. Cuando se levantó el poder de Roma, y al expandirse el Imperio por el mundo, los emperadores decidieron dejar que el griego fuera el lenguaje común del mundo, con el latín como la lengua de los asuntos oficiales.

Los historiadores afirmaban que los dioses griegos y romanos eran los mismos prácticamente, pero con diferentes nombres. Para Cornelius esto no presentaba problema alguno, ya que los dioses eran los dioses, sin importar el nombre que tuvieran.

Pero en su lectura había encontrado algo que lo incomodó bastante. Sócrates, aquel gran filósofo, fue muerto en Grecia por dos cosas: por pervertir a los jóvenes griegos, y por rehusarse a adorar y creer en los dioses del Estado, más bien afirmando que existía un Dios supremo.

A pesar de esto, muchos romanos consideraban a Sócrates como un gran pensador, aunque él, al igual que los judíos, creía que existía un Dios Todopoderoso, y no un panteón de dioses.

—Interpreto tu silencio como un «sí» —dijo Matías.

—Un «sí» incómodo, lo admito.

—Sócrates dijo una famosa frase: «No vale la pena vivir...».

—«... una vida sin examinar».

—Por lo tanto, es nuestro deber examinar nuestra vida, y eso incluye nuestras creencias más fundamentales. ¿Quiénes somos? ¿De dónde venimos y a dónde vamos?

En ese momento los interrumpió una voz alegre y ronca:

—Veo que llegué en el mejor momento.

Cornelius se puso de pie:

—¡Servius! Pasa y siéntate, amigo mío.

—Gracias, mi señor. Pero tengo algunos asuntos urgentes que compartir con usted, y prefiero sacármelos de la mente.

14

—Es Herodes. Herodes quiere verlo.

—Vaya. Ya se había tardado —dijo Cornelius—. Probablemente quiere que duplique su guardia personal. Ese hombre tiene un delirio de persecución.

—Desde que encarceló a Ioanés el bautizador, oigo que ha aumentado su delirio —aventuró Matías. Luego agregó—: ¿Necesitan hablar en privado?

—No, está bien —respondió Cornelius. Le tenía suficiente confianza. Luego, sobre Herodes, continuó—: Al paso que va, terminará encarcelando a media Cesarea.

—Me temo que se trata de algo diferente —dijo Servius.

—A ver, Servius, di lo que sabes —le pidió Cornelius.

—Solamente lo sé extraoficialmente...

—Siempre lo que sabes es extraoficial, y siempre tienes la razón —dijo Cornelius—. Es la ventaja de que tengas espías por todos lados.

Servius sonrió y dijo:

—Bien, pues al parecer es una de dos cosas. El revolucionario que anda haciéndose de una banda de zelotes...

—Barrabás —dijo Cornelius.

—Sí. O quizás se trata del Galileo... ¿cómo se llama?...

—Yeshúa, de Nazaret —afirmó Matías sin expresión en la voz.

—Sí, él —dijo Servius.

Cornelius dirigió su mirada hacia el sacerdote. Todos habían escuchado sobre el Galileo. Aunque lo ignoraron al principio, este ya era el segundo año que predicaba por los desiertos y las regiones alrededor del mar de Galilea.

El pueblo lo consideraba un profeta. Pero la gran mayoría de los sacerdotes hablaban de él con mucha incomodidad. Los saduceos, como Matías, lo veían como un posible revolucionario religioso que podría traer la furia de Roma sobre ellos. Los fariseos, por su parte, lo odiaban por no seguir sus costumbres religiosas.

Para los romanos, el Galileo no era más que otro fanático al cual debían vigilar moderadamente. Hasta ahora su retórica, según decían los informes, era una de paz y sujeción al Imperio romano.

Pero los rumores decían que podía hacer milagros. Cornelius no creía nada hasta que uno de sus centuriones, Gaius, afirmó que el Galileo había sanado milagrosamente a uno de sus siervos. Desde entonces Gaius se había acercado mucho a la secta de los Nazarenos.

Pero Cornelius no estaba tan seguro.

—El Galileo dice que es el Mesías —le dijo Cornelius a Matías. Cornelius, si bien era romano, le gustaba estar bien informado de la cultura judía que lo rodeaba.

Matías afirmó con la cabeza, lentamente.

—Tengo mis dudas —contestó.

Cornelius prefirió cambiar de tema:

—Lo más probable es que se trate de Barrabás. Bueno, ya lo sabremos mañana.

—¿Mañana? —dijo Servius.

—Mañana iré a ver a Herodes.

—Mi señor, Herodes pidió que fuera a verlo inmediatamente.

—¿Hoy mismo?

—Hoy mismo.

Cornelius se rascó la cabeza, malhumorado:

—Bueno, pues, será una emergencia.

—No te preocupes, amigo —dijo Matías poniéndose de pie—, reanudaremos nuestra conversación después.

Una hora después, Cornelius y Servius entraban al palacio de Herodes Antipas. Era una construcción impresionante, la cual usaba cuando no estaba en el palacio de Jerusalén que había construido Herodes I, padre del actual tetrarca.

Herodes Antipas tenía un gusto por lo magnífico. En su afán por complacer a los romanos, había embellecido Cesarea con grandes plazas y templos preciosos, ya sea construyendo nuevos o agrandando las construcciones que había comenzado su padre. A los judíos les había construído el templo de Jerusalén. Cada vez que visitaba Jerusalén, Cornelius se admiraba de la belleza del templo.

Caminaron por largos pasillos. Les informaron que el tetrarca los esperaba en la cámara de asuntos oficiales, donde Herodes se sentaba sobre el trono para regir.

Entraron a la cámara e hicieron una leve reverencia.

Herodes tenía el cabello despeinado, profundas ojeras debajo de sus ojos, solo calzaba una sandalia, y vestía una túnica que quizás era la que usaba para dormir. Frente a él había unas diez copas ya sin vino, algunas tiradas, y comida desparramada a su alrededor.

—Es un fastidio —fue su bienvenida.

—Estamos a sus órdenes, señor —dijo Cornelius.

—Supongo que sí. ¿Qué noticias?

Cornelius y Servius se miraron entre sí.

—Nada que reportar, mi señor.

Herodes lanzó un grito, alzando las manos y con los ojos desorbitados:

—*¿Cómo nada? ¡¿Y Barrabás?!*

Cornelius estaba acostumbrado al mal humor de Herodes.

—Estamos monitoreando a todos los grupos zelotes, incluyendo a Barrabás —contestó Cornelius tranquilamente.

Herodes tenía cara de no estar impresionado. Levantó un pedazo de pergamino y dijo:

—¿Entonces qué es esto?

—Por desgracia no tengo el don de ser oráculo —respondió Cornelius, con apenas algo de sarcasmo en su voz.

Herodes entrecerró los ojos, como decidiendo si el centurión hablaba en serio o se burlaba de él.

—Es una carta de la Roma. Está firmada por el emperador mismo. ¡Por el emperador, por los dioses! Dice que ha escuchado reportes de la provincia de Judaea, y que lo que escucha no le gusta para nada. Debe estar hablando de Barrabás o del Galileo. Tiene que ser.

Servius dijo:

—Quizás se refiera a los gastos en construcciones, mi señor.

—*Centurión, ¡controla a tu* optio!

—Lo que mi *optio* intenta decir, mi señor, es que si bien las construcciones son magníficas, deben estar costando tremenda fortuna al Estado.

—¡Por supuesto que cuestan tremenda fortuna! ¿Cómo voy a construir una ciudad romana, una provincia romana, sin gastar dinero?

Los dos soldados guardaron silencio.

—No. Debe referirse al zelote o al Galileo. Debe ser... ¡Estoy seguro! ¿Están todos en mi contra? Les construyo una ciudad, me acusan de gastador. Les construyo un templo, y me mandan al bautizador, que no deja de parlotear acusándome de... —Herodes cerró los ojos y guardó silencio por un largo rato—. Quiero que lo encuentres y lo traigas— dijo, finalmente, en una voz apenas audible.

Cornelius titubeó. Luego:

—¿De quién...?

—¡Del zelote, por supuesto! El Galileo no me interesa. Solo ve, escúchalo, asegúrate de que siga predicando paz. Si es así, déjalo. El que me interesa es el otro. Búscalo y tráemelo preso. Ya veremos qué hacemos con él. Por lo que he oído es astuto, pero lo encontrarás. Siempre los encuentras.

—Considérelo hecho, señor.

—Pueden... —Y les hizo una señal con el dedo índice de que se retiraran, lo cual inmediatamente obedecieron, mientras el tetrarca musitaba quién sabe qué a sus espaldas.

Cuando salieron, Servius preguntó:

—¿Cuál es el plan?

—Hagamos lo que nos dijo, exactamente. Visitamos primero al Galileo, y después buscamos al zelote.

15

Al siguiente día cabalgaron de Cesarea hacia el mar de Galilea con una compañía de siete de sus soldados. No quería llamar demasiado la atención. Era un viaje de la costa oeste en el mar Mediterráneo, al noroeste. Llegaron dos días después.

Muchas aldeas pequeñas rodeaban el mar de Galilea, cuyos habitantes se dedicaban mayormente a la pesca. Aunque casi todos los pescadores eran pobres, algunos se habían convertido en buenos negociantes que contrataban a varias barcas con seis o siete pescadores en cada una de ellas. Para el gobierno romano eran aldeas importantes porque el impuesto por la pesca, el cual recaudaban los publicanos, se convertía en un ingreso necesario para el gobierno.

Llegaron a Capernaum, una de las aldeas al norte del mar. De acuerdo a los informes, los cuales Cornelius había leído minuciosamente la noche anterior, allí era donde vivía el rabino Yeshúa. Era una villa pequeña, con una sola sinagoga y casas pequeñas. Preguntaron por allí, y no batallaron para que los apuntaran hacia donde el Galileo enseñaba ese día. De hecho, poca gente caminaba por la aldea, y Cornelius sospechaba que muchos habían salido al mar para escucharlo hablar, especialmente porque el sol ya no pegaba duro y la brisa marítima era fresca.

Desde que Herodes había encarcelado a Ioanés el bautizador, más gente seguía a Yeshúa. Para los judíos, los profetas eran mensajeros directamente de parte de HaShem, pero por ya un buen número de años los profetas habían dejado de existir. Sin embargo, muchos consideraban que Ioanés y su primo Yeshúa eran profetas. Esa, entre muchas otras razones, ponía nerviosos a los gobernantes, tanto al Sanedrín judío como a la corte romana.

—Servius, ven conmigo. Los demás quédense aquí montando guardia.

—A la orden, mi señor.

Caminaron por la orilla del mar, en el cual todavía se veían algunas barcas que se preparaban para terminar el día de pesca.

Pronto vieron una multitud reunida cerca de la orilla.

—Más gente de lo que pensé —dijo Servius.

—Muchísima más —dijo Cornelius. Estaba sorprendido. El informe decía que «multitudes acuden a escucharlo». Pero allí había, contando mujeres y niños, unas quince mil personas. ¡Quince mil! Eso equivalía a la población de varias aldeas enteras. Se preguntaba si Herodes o Pilato sabían la magnitud de la gente que se acercaba a escuchar a este hombre. Si era un revolucionario, definitivamente se convertiría en un problema.

—Recuérdame juntarme con los herodianos de esta región y preguntarles sobre el Galileo —le dijo Cornelius a Servius mientras se acercaban a la muchedumbre.

—Definitivamente.

Pensaba que la gente se inquietaría un poco al ver la presencia de un centurión, sin embargo nadie le prestaba atención. De hecho, había variedad entre la gente. Gente pobre, algunos ricos, y se distinguían a lo lejos fariseos y escribas, y estaba seguro de que entre la gente incluso había algunos griegos.

—Acerquémonos lo más que podamos para escuchar —dijo Cornelius.

Había tanta gente que no estaba seguro dónde se encontraba el rabino. Entonces vio a un joven vestido con una túnica café que se subió a una barquilla, la cual algunos hombres retiraron un poco de la orilla.

La gente inmediatamente guardó silencio.

Así que él era Yeshúa de Nazaret.

—Es joven —dijo Servius.

Tendría poco más de 30 años, calculaba Cornelius. Se había sentado en la barquilla. Su vestidura era sencilla, diferente a las vestiduras ornamentadas de los sacerdotes o de cualquier secta religiosa.

Se acercaron un poco más.

Lo que le sorprendió a Cornelius era lo común que parecía su semblante. No tenía las características faciales de los patricios romanos. Más bien ojos café, barba corta, cabello corto y más bien ondulado, y una nariz muy... muy judía. Algo grande y aguileña. Era delgado y fuerte. Recordó que el informe decía que su profesión era la carpintería.

—¡Escuchen el mensaje del reino! —gritó Yeshúa. Su voz resonó fuertemente. Era una voz que combinaba la gentileza de un hombre compasivo con la autoridad de un general. Hablaba con seguridad.

Parece que no tendremos problemas para escucharlo, pensó Cornelius. *Su voz es poderosa.*

Hasta el mar parecía haberse aquietado. El joven rabino continuó:

—Han oído que se dice: «Ojo por ojo, diente por diente». Pero yo les digo: no resistan al que es malo; antes bien, a cualquiera que te abofetee en la mejilla derecha, vuélvele también la otra. Al que quiera ponerte pleito y quitarte la túnica, déjale también la capa. Y cualquiera que te obligue a ir un kilómetro, ve con él dos. Al que te pida, dale; y al que desee pedirte prestado no le vuelvas la espalda.

—Con esa filosofía no creo que vaya a ser un buen revolucionario —le dijo Servius conteniendo la risa.

Pero Cornelius no podía evitar pensar en lo revolucionario que era lo que el Galileo decía. Estaba poniéndose en contra de las enseñanzas religiosas, no solo de las hebreas, sino también de la filosofía entera del Imperio romano. La filosofía del Imperio podía resumirse en: si te sacan un ojo, sácale a tu enemigo los dos. Si te tumba un diente, rómpele la dentadura.

El Galileo continuó:

—Aconteció que un sembrador salió sembrar. Y mientras sembraba, algunas semillas cayeron en el camino, y las aves del cielo se las comieron —dijo apuntando a una parvada de aves que en ese momento surcaban las nubes—. La otra parte de las semillas cayó entre rocas, donde había poca tierra. Crecieron rápidamente, pero salió el sol y las quemó por no tener raíz. Otras semillas cayeron entre espinos, los cuales ahogaron la semilla, y no dio fruto. —Hizo una pausa y miró fijamente a la multitud.

Sus ojos eran penetrantes, y aunque Cornelius se encontraba a la distancia, le parecía que cuando miraba hacia su dirección, lo miraba directamente a él. Extrañamente su corazón se aceleró, al mismo tiempo que se daba cuenta de que estaba interesado en la historia. Era una historia sencilla. Y sin embargo... fascinante. Miró a Servius de reojo, incluso él tenía la boca ligeramente abierta y el ceño levemente fruncido, con los ojos clavados en el Galileo.

Yeshúa continuó:

—Pero la otra parte de la semilla cayó en buena tierra. ¡Y creció! ¡Y se multiplicó! ¡Y dio fruto! A treinta, a sesenta, y a ciento por uno. —Otra pausa dramática. Se puso de pie, levantó las manos, y su voz tronó—: *El que tenga oídos para oír, que oiga.*

Dicho eso, se sentó de nuevo, con una ligera sonrisa en sus labios. La gente comenzó a susurrar, preguntándose el significado de aquellas palabras, ofreciendo alguna explicación, uno que otro pidiendo en voz alta al rabino que les diera el significado de la historia.

Sin embargo Yeshúa continuó, contando diferentes historias, todas acerca de «el reino de los cielos».

—El reino de de los cielos es como un tesoro escondido en un terreno —decía, e inmediatamente los niños (que por cierto había bastantes, pensó Cornelius) levantaron todavía más la mirada. ¿A quién no le gustaba una historia de tesoros escondidos?—, que un hombre encontró y de nuevo escondió. Reventando de gozo fue y vendió todo lo que tenía, y compró aquel terreno.

—¡Gloria a Dios! —gritó alguien.

—¡Aleluya! —dijo otro.

—¡Así es! —continuó el rabino—. ¡Pongan mucha atención! El reino de los cielos es como un mercader que buscaba perlas preciosas. Y cuando encontró una de gran valor, fue y vendió todo lo que tenía, y la compró.

Después de cada historia algunos alababan a Dios, pero muchos otros terminaban perplejos, sin saber el significado de la historia. Cornelius se sentía como aquellos últimos. Algo en su interior le decía que las historias tenían un significado mucho más profundo del que pensaba, pero no podía discernirlo bien. ¿A qué se refería con el reino de los cielos? ¿Y por qué tenía que estar alguien dispuesto a darlo todo por él?

Después de varias historias, un hombre encorvado y con cara de pocos amigos gritó:

—¡Maestro! Queremos saber tu opinión. ¿Es correcto darle el tributo a César, o no? ¡Porque los romanos nos oprimen! —dijo levantando un puño.

Unos cuantos gritaron en apoyo a la pregunta. Fue entonces que algunos notaron la presencia de los dos soldados, mirándolos con un destello de enojo en los ojos.

Cornelius permaneció impasible. Estaba acostumbrado a esas miradas, y no le importaban. Lo que le importaba era la respuesta que daría el rabino. Eso era lo que había estado esperando. Si era un radical, este era el momento perfecto para manifestarlo.

16

El Galileo miró al hombre con ojos relampagueantes. Algo le decía a Cornelius que esta no era la primera vez que le hacían una pregunta como esta, y probablemente no sería la última ocasión.

—Tráiganme una moneda —dijo.

Cornelius miró a Servius, quien también tenía las cejas arqueadas.

—Así que tiene un buen temperamento —dijo Servius, sonriendo—. Me cae bien este Galileo.

Cuando recibió la moneda, Yeshúa se puso de pie y levantó la moneda.

Era un denario. La moneda del tributo. Era la moneda que un trabajador recibiría por trabajar un día entero.

—¿De quién es esta imagen, y la inscripción? —preguntó.

Cornelius lo sabía bien. La moneda, por un lado, tenía grabado el perfil de la cabeza del emperador Tiberius. El cabello rizado, una diadema de laurel justo por encima de la frente, una nariz patricia y una barbilla soberbia. Alrededor del perfil, decía la inscripción: *Tiberivs Caesar Divi Avgvsti Filivs Avgvstvs.* «Tiberius César Augusto, hijo del divino Augusto». Por la otra cara de la moneda se distinguía al mismo emperador sentado en una silla, con un cetro en una mano y un laurel en la otra. Alrededor, decía la inscripción: *Pontifex Máximus,* «sumo pontífice».

La moneda, por supuesto, era considerada blasfema por los judíos más religiosos. Detestaban la idea de llevar en su bolsillo una moneda que dijera que el emperador era divino y el sumo pontífice del mundo conocido. Los judíos, por supuesto, tenían su propio sumo sacerdote, el cual se oponía vehementemente al uso de dicha moneda.

Yeshúa dijo:

—¡El reino de los cielos no es de este mundo! ¡Denle a César lo que es de César, y a Dios lo que es de Dios!

Hubo un silencio como de un sepulcro. Incluso el encorvado que había hecho la pregunta tenía la boca abierta, como si se le hubiera desencajado. Evidentemente no esperaba una respuesta así.

—¡Hay profeta entre nosotros! —alguien exclamó, y la gente gritó en aprobación.

Servius evidentemente estaba impresionado:

—Nunca había escuchado a alguien hablar así.

—Estoy de acuerdo. Este hombre no es común, pero tampoco peligroso.

Entonces se escuchó un grito, un chillido espantoso como de una mujer recibiendo una cuchillada en la espalda. Por allá, a lo lejos, algunas personas se apartaban rápidamente de dos hombres que traían sujetado a un tercero que se retorcía, gritando e intentando soltarse de los que lo traían como prisionero.

—¡Abran paso! ¡Traemos a un endemoniado! —gritó uno de los hombres.

—¡Es un endemoniado! —exclamó una mujer de la multitud.

—¡HaShem nos salve!

Aquellos cercanos al endemoniado se apartaban para darle paso, pero el resto del gentío intentaba acercarse para ver. Era casi imposible evitar el morbo en una situación así.

Cornelius había visto endemoniados también, y no le quedaba duda de que existían poderes oscuros con los cuales los seres humanos no debían meterse, excepto aquellos que tenían contacto cercano con los dioses.

Aunque casi sin excepción el rostro de todos los presentes demostraba terror, Yeshúa miraba impávido a los hombres que se le acercaban. Se bajó de la barca y caminó hacia la orilla.

Pusieron al endemoniado frente a él. Era un joven de cabello largo, con la ropa sucia, los pies y las rodillas llenas de lodo, llagas parecían cubrir sus brazos y su rostro, desfigurándole la cara.

Al ver al rabino Galileo, se tiró de rodillas y con una voz gutural gritó:

—¡Nooooo! ¿Qué tienes con nosotros, Yeshúa Nazareno? —Gritos y más gritos de la muchedumbre. Una mujer, aterrada, se desmayó—. ¡Te conocemos! ¿Acaso ha llegado el tiempo de nuestro tormento? ¡Nosotros sabemos quién eres! ¡Eres el santo, el Hijo de Dios!

Un escalofrío recorrió la espalda de Cornelius. Sí, había visto endemoniados antes, pero jamás los había escuchado hablar así. Este demonio parecía conocer quién era Yeshúa, y lo reconocía como un hombre santo.

Pero había dicho algo más: «Eres el Hijo de Dios».

¿El hijo de Dios? ¿Qué significaba eso? ¿Qué clase de hombre era este, que incluso los demonios lo reconocían personalmente?

El demonio lanzó un grito espeluznante, pero Yeshúa ni siquiera vaciló. Tomó al endemoniado por la cabeza y le ordenó:

—¡Cállate! —Inmediatamente guardó silencio. Luego—: ¡Sal de él!

El joven cayó de espaldas y comenzó a retorcerse. Cornelius movió a personas que se interponían en su camino, para ver mejor. El muchacho lanzaba espuma por la boca y tenía los ojos blancos, pero ningún sonido salía de su boca. Repentinamente se arqueó su espalda, cayó de nuevo al suelo, y se quedó inmóvil, tirado en una posición extraña, a medio retorcer, con los brazos y las piernas en ángulos que no eran normales.

—¡Está muerto! —exclamó un niño de unos diez años que había visto todo desde primera fila con los ojos bien abiertos.

—Levántenlo —les dijo a los dos hombres que lo habían traído, los cuales obedecieron. El joven entonces parpadeó varias veces, miró a su alrededor desorientado, y finalmente los dos hombres se lo llevaron mientras le daban las gracias al Nazareno.

Por supuesto, de nuevo la gente perdió el control, y comenzaron a gritar aleluyas y hosannas.

Una mujer frente a Cornelius miró a otra que venía con ella y le dijo:

—Así es todas las veces que he venido a escucharlo. ¡Este hombre hace maravillas! ¡Debe ser el Mesías prometido! ¡Él nos salvará del yugo romano!

Un joven gritó:

—¡El Mesías entre nosotros! ¡El salvador entre nosotros!

—¡Aleluya al libertador! —dijo otro.

—¡Roma tiene sus días contados! —aventuró un tercero.

Pero al joven rabino no parecían gustarle los gritos que escuchaba. Miraba a la multitud con ojos de tristeza, y finalmente dio una orden a los hombres que estaban cerca de él, y en un abrir y cerrar de ojos, la barca del Nazareno se retiraba de allí, sin decir a dónde se dirigía.

Inmediatamente la multitud comenzó a dispersarse.

Servius se acercó a Cornelius y le dijo en voz baja, asegurándose de que nadie lo escuchara:

—No creo que sea un revolucionario, pero es un peligro en potencia. La gente lo percibe como un líder.

—Tiene el carisma para ser un revolucionario.

—¿Escuchaste lo del Mesías?

—Sí. Los judíos están esperando a un Mesías, un hombre ungido que les quitará el yugo de la opresión.

—Este Galileo fácilmente podría convertirse en uno de los muchos mesías que han surgido en los últimos años.

—Pero todos tenían complejo de grandeza —dijo Cornelius—. Este Galileo... es diferente. Sin duda alguna tenemos que mantenerlo en vigilancia. Ordena que un soldado lo siga de incógnito, y que declare todo lo que escuche y vea.

—Considérelo hecho.

—Tengamos una junta con los herodianos, y partamos para Jerusalén por la madrugada.

17

Esa noche, en una villa cercana, se vieron con un grupo de quince herodianos importantes de la región. Los herodianos eran judíos que en su mayoría habían nacido fuera de Judaea pero se habían mudado para vivir allí. Gran parte de ellos no eran muy religiosos y, de hecho, varios ni siquiera asistían a la sinagoga. Eran gente normalmente educada bajo los estándares romanos que querían ver a Judaea modernizarse y convertirse en una provincia romana.

Tenían sentimientos mixtos con respecto a Yeshúa. Por un lado, les gustaba que el joven rabino hablara fuertemente en contra de los fariseos y sus muchas tradiciones retrógradas. Sin embargo, nunca lo habían escuchado decir claramente que lo mejor para la sociedad judía era aceptar al emperador como el máximo sacerdote y el rey de la provincia.

Ellos recomendaban que se vigilara bien al Galileo y, si era necesario, que se tomaran las medidas para silenciarlo. Era otra manera de decir: «Si tienen que matarlo, háganlo».

Cornelius les dio las gracias y se retiraron para dormir en un campamento que levantaron.

Durmieron unas cuantas horas, y se despertaron temprano para partir rumbo a Jerusalén. Era un viaje relativamente largo, el cual hicieron siguiendo el río Jordán como ruta. Llegaron tres días después, puesto que se detuvieron en Bet-el para descansar, comprar provisiones, y reunirse con algunos soldados de la legión que se incorporarían a la campaña.

Llegaron a la gran ciudad de Jerusalén a mediodía del día de Júpiter.[1] Herodes I, el Grande, se había encargado de convertir a Jerusalén en una ciudad moderna que rivalizaba cualquiera de las grandes ciudades del Imperio. Había reforzado las murallas, levantándolas altas e imponentes. Había construido un palacio personal enorme junto a la muralla del oeste, el cual tenía un mercado adjunto, abierto para toda persona. Para la guardia pretoriana había construido el pretorio, llamado la Torre de Antonio, al noreste de la ciudad, en honor al emperador Marco Antonio; una construcción cuadrada con cuatro torres altas, un edificio más grande incluso que el templo mismo (si no se contaran las construcciones alrededor del templo).

Algunas de las construcciones habían airado a los más religiosos, como el hipódromo, donde se realizaban las carreras, y el teatro, donde se ponían en escena algunas de las obras clásicas griegas y latinas, para el deleite de aquellos que se consideraban más romanos que judíos.

Pero lo que mantenía tranquilizado al pueblo, y en especial al poderoso Sanedrín —que era el concilio religioso que imperaba en toda la tierra de Judaea—, era el

---

1. Aquí equivale a *jueves.*

magnífico templo al extremo este de la ciudad. El templo en sí no lo había construido Herodes, sino que lo embelleció al edificar enormes murallas a su alrededor, dentro de las cuales había una explanada al norte y otra al sur, y una basílica junto a la muralla sur donde los religiosos podían reunirse para orar y aprender de los escritos sagrados. Las paredes estaban hechas de mármol, y había tanto dorado que a esa hora del día el templo parecía resplandecer desde lo lejos; encandilaba los ojos tan solo el mirarlo. Si se contaba el templo, las explanadas, la basílica, y las enormes murallas, sin duda alguna era la construcción más grande de toda la ciudad, mucho más que el palacio, la torre, o el hipódromo.

De los incontables templos que Cornelius había visto en su vida, este era uno de los más esplendorosos. Y eso que había visto muchos alrededor del mundo. Si tuviera la oportunidad le habría encantado entrar, pero solamente los judíos de nacimiento podían acercarse. Aquellos que eran griegos y romanos y temían a HaShem solo tenían permitido entrar a una de las explanadas, la cual estaba siempre llena de un mercado en donde se vendían los sacrificios y se cambiaban las monedas, puesto que el Sanedrín tenía prohibido dar ofrendas con monedas que tuvieran grabados blasfemos, como el denario.

Cabalgaban por las calles infestadas de gente que venían de aquí para allá, serpenteando entre los vendedores ambulantes que ofrecían todo tipo de bienes: alfombras, vasijas del barro, fruta y verdura, carne que fuera permitida, animales para los sacrificios, ungüentos y aceites. En las esquinas de las calles lejanas al templo se veían malabaristas y cuenta cuentos, pero nunca cerca del templo donde los fariseos pudieran verlos y echarlos a patadas.

Aunque los judíos odiaban a los romanos, eran los soldados quienes patrullaban las calles y, ya que tenían un poco más de dinero que la persona promedio, los mercaderes nunca perdían la oportunidad de ofrecer todos sus productos y servicios a los guardias.

—Un aceite para curar el golpe del sol, mi señor —le dijo un hombre que parecía no tener la mitad de los dientes—. ¡Cinco minas! ¡Cuatro si gusta! ¡A usted se lo dejo en tres, por ser centurión!

—Aquí un vino especial solo para usted, mi señor centurión. El odre es nuevo. ¡Medio talento y es suyo!

—Este ungüento cura todas las heridas de batalla. Con esto no es necesario tener un médico en su batallón, ¡se lo garantizo!

Cornelius y su gente ignoraron a los mercaderes y continuaron su travesía por la ciudad hasta llegar a la Torre de Antonio, el pretorio, en donde se vería con Aurelio Balista, el prefecto encargado de la guardia pretoriana, quien era uno de los hombres más poderosos de Judaea.

Entraron, escoltados por dos pretorianos. Varios soldados lo vieron, lo reconocieron, y le dieron el saludo romano.

—¿Es Cornelius? ¿El que luchó con el general Germánicus...? —escuchó a sus espaldas.

—Sí, sí, debe ser...

El salón de guerra era un cuarto largo con el techo en alto. Aurelio Balista examinaba cuidadosamente un mapa sobre una mesa grande y maciza, con unos seis soldados alrededor de ella.

El prefecto levantó la mirada e inmediatamente dijo:

—Saluden a Cornelius. Una leyenda viviente.

Todos los presentes se pusieron firmes y se golpearon el pecho prácticamente al unísono. Aurelio mandó que todos salieran para quedarse con él y Servius, orden que se acató inmediatamente.

El prefecto saludó a Cornelius de mano.

—Bienvenido de nuevo a Jerusalén.

—Siempre un placer estar por aquí, en especial en esta torre.

—El placer es mío. No hemos podido trabajar juntos mucho, pero es un honor. Quisiera poder decir que he hecho la mitad de lo que usted, pero sería una mentira. Las campañas en los territorios bárbaros, junto con el general Germánicus, son cosas de las que ya cuentan los cuenta historias.

—Que descanse con los dioses, el general —dijo Cornelius.

Las campañas bárbaras. Sí, lo recordaba bien. Después de que su nombre había sido limpiado, Cornelius decidió que la mejor manera de vencer la rabia era cortando las cabezas de los enemigos de Roma. Por eso había regresado junto con el general a las tierras gélidas del norte, para acabar de una vez por todas con Arminius, el enemigo de Roma.

—Ustedes recobraron dos de las tres águilas —dijo Aurelio.

Cornelius no pudo más que sonreír. Esa había sido una de las obsesiones de Germánicus: recobrar las águilas de oro que los romanos perdieron en batallas contra los bárbaros del norte. Recuperaron dos, cosa que los convirtió en celebridades por toda la tierra.

Lo que hicieron para recobrar esas águilas eran cosas que prefería dejar en el pasado. A veces todavía escuchaba los gritos. Además, si bien las águilas fueron recobradas, Cornelius todavía no encontraba aquello que más buscaba.

Y no era un estandarte.

—La buena noticia —continuó Aurelio—, es que tenemos una idea de lo que planea Barrabás. Hasta ahora se ha limitado a atacar pequeñas bandadas de soldados, sobre todo las patrullas. Sus sicarios atacan y se retiran. Pero eso cambiará. Creemos que asaltará a la delegación del Senado que llega la próxima semana. Viene el senador Fabianus Senecius. Es gran amigo del emperador. Viene con su esposa e hija. Han escuchado de esta tierra y tienen curiosidad por verla. Evidentemente llevarán el reporte al emperador. El día de Venus[2] por la tarde, la próxima semana, comenzará aquí la fiesta de los judíos, la fiesta de la Pascua. Creemos que atacarán unos días antes, en el día de Mercurio.[3]

—Tenemos, entonces, una semana para capturarlo —dijo Cornelius.

—De preferencia, sí. Eso sería lo óptimo. Sin embargo, Barrabás conoce bien toda la provincia, mejor que nosotros. Además, hay muchas personas del pueblo que lo consideran un héroe, y están dispuestas a esconderlo en cualquier casa.

—Habrá que atacar con inteligencia —dijo Servius—. Cuando menos lo espere.

—Así es. Ese hombre no querrá ser capturado vivo —dijo el prefecto.

—¿Tenemos alguna idea de dónde se esconde?

A Aurelio le brillaron los ojos:

---

2. Aquí equivale a *viernes*.
3. Aquí equivale a *miércoles*.

—Esa es la mejor parte. Creemos que viene hacia acá.

—¿Aquí? ¿Jerusalén? —preguntó Cornelius.

—Sí. Le pediré a uno de los centuriones que le dé toda la información.

—Perfecto. Necesitaré un buen equipo para deshacerme de él.

—Tengo exactamente lo que necesita —dijo el prefecto—. La compañía «Italiana».

—He oído de ella. Una compañía de élite.

—Lo mejor de lo mejor.

—Así me gusta trabajar.

18

Cuando salieron del pretorio, después de tener varias juntas de planeación, ya era de noche. Mañana tendrían otra junta para ver los últimos detalles de la estrategia de combate. Jerusalén, por ser una ciudad grande, seguía despierta, aunque ya era la segunda vigilia de la noche, y la medianoche se aproximaba rápidamente.

Dormirían en un mesón al otro lado de la ciudad, cerca del palacio. Allí habían dejado los caballos, y les tomaría quizás una hora llegar. Preferían quedarse en ese sector, pues era donde vivía la mayoría de los griegos y romanos. Además, era la parte limpia de la ciudad, la mejor organizada.

Los mercados estaban cerrados, y solo quedaban algunos vendedores que probablemente habían tenido un mal día de negocio y esperaban vender algo, cualquier cosa, a cualquier persona que estuviera caminando a esas horas de la noche. Mañana sería viernes, el día de Venus, seguido por el día de Saturno, que los judíos llamaban *sabbat,* y en el cual no trabajaban, en obediencia a HaShem. Así que había que aprovechar el tiempo.

Aunque Cornelius prefería no comprar del mercado, hacía una excepción con el pan. Se vendía un buen pan en el mercado.

—A tres calles hay una panadería que no cierra hasta tarde —dijo Servius—, cerca del callejón.

—Vamos. No está lejos.

Caminaron hablando de lo que siempre hablaban: el bajo salario (aunque los dos se habían hecho de bastante dinero con los muchos botines de las múltiples batallas), la política romana, los problemas en la provincia, las últimas campañas, el clima...

La panadería estaba abierta, y lo supieron mucho antes de llegar, por el olor. Aunque no era a pan recién horneado, de todas maneras arrojaba un aroma placentero.

No quedaba mucho pan, pero compraron unas cuantas piezas, un poco de queso, y un pedazo de carne seca.

El panadero era un hombre delgado de ojos cansados. Cuando Cornelius puso las monedas en las manos del hombre, este lo miró brevemente a los ojos, y luego clavó su mirada en algún punto detrás de Cornelius. Los ojos del panadero se abrieron grandes.

Cornelius escuchó un zumbido, como de una abeja que le pasaba por la oreja, y con un *whiu-tunk,* una flecha se clavó peligrosamente cerca de la oreja izquierda del panadero.

Estaban bajo ataque.

Mientras giraba y sacaba su espada, vio de reojo que Servius hacía exactamente lo mismo, como si fuera una coreografía de alguna obra de teatro.

Eran dos atacantes, seguramente sicarios de los zelotes, que estaban ya sobre ellos, a tres pasos de distancia, los dos con espadas cortas muy parecidas a las que usaban las legiones romanas. El choque de espadas fue atronador, tan fuerte que el golpe lo lanzó de espaldas. Se estrelló contra unas cajas de madera apiladas, en las cuales todavía descansaban unas cuantas piezas de pan duro, perdió el equilibrio, y cayó hacia atrás, cerca de donde el panadero se escondía detrás de un barril. Escuchó los *clancs* de la batalla que libraba su *optio.*

Su enemigo estaba ya sobre él, literalmente. El sicario lo golpeó primero en las costillas, un puntapié que le sacó el aire, pero no lo suficientemente fuerte para desorientarlo.

Yo también sé patear, pensó Cornelius golpeando a su enemigo con el talón, justo en la rodilla izquierda, la cual tronó. Antes de que pudiera gritar, otro talonazo en el vientre y lo mandó dando tumbos por el suelo.

Se puso de pie. Otra flecha le rozó el cuello, sintió cómo le cortaba la superficie de la piel. No podía ver al arquero, pero se escondía lo suficientemente lejos porque había fallado ya dos veces. Tenía que moverse para evitar ser un blanco fácil. Eso era lo que hacía Servius, moviéndose constantemente, dando pasos a izquierda y derecha de manera impredecible.

Cuando el sicario que luchaba contra Servius vio que Cornelius se abalanzaba contra él, salió corriendo. El otro se levantó e hizo lo mismo, corriendo sorprendentemente rápido a pesar de la rodilla herida.

—¡El flechero! —dijo Servius, más bien como una pregunta. Los dos inmediatamente se resguardaron detrás de un carretón cercano, pero al parecer el flechero decidió también unirse a sus amigos en la huida.

Eran sicarios, después de todo. No guerreros. No les interesaba una pelea, sino atacar y correr. Si lograban matar a su adversario, mejor, pero no arriesgaban su vida demasiado.

—Cobardes —musitó Cornelius. Ni siquiera habían perdido el aliento. Estaban acostumbrados a guerras que duraban horas. Esta fue rápida. Sin embargo, en cierto sentido más peligrosa que un combate normal. Como una emboscada.

—Parece que Barrabás ya sabe que estamos aquí —dijo Servius.

—Vaya bienvenida que nos tenía preparada.

Servius asintió con la cabeza, mirando todavía los techos alrededor, buscando algún enemigo.

—También a nosotros nos gusta dar regalitos —dijo Cornelius—. Espero que a Barrabás le guste el que le tenemos preparado.

19

—Así que tuvieron una noche interesante —dijo Aurelio al siguiente día, echándole un ojo al pañuelo que Cornelius había amarrado alrededor de su cuello, en la herida provocada por la flecha. Cornelius no se percató de la herida hasta que caminaban de regreso al mesón. Sintió que un líquido tibio le bajaba por el brazo, y entonces advirtió la lesión. No era profunda.

—Sí —dijo Servius—. Dos sicarios y un flechero.

—Huyeron antes de que pudiéramos matarlos —dijo Cornelius.

En total había nueve personas alrededor de la mesa. Estaban de nuevo en el pretorio, discutiendo los últimos detalles antes de lanzar el plan en contra de Barrabás y sus secuaces. Sobre la mesa descansaba un mapa detallado de la ciudad de Jerusalén. Además de Aurelio Balista, Servius y Cornelius, los acompañaban tres centuriones de la «Italiana» con sus respectivos *optios*.

Uno de los centuriones, llamado Sextus, un hombre gordo pero con brazos musculosos que probablemente habían quebrado muchos huesos, dijo:

—Creemos saber quién estuvo detrás del ataque.

—Barrabás, supongo —dijo Cornelius.

—No. Aunque quizás está involucrado. Sin embargo, tenemos varios informantes. Uno de ellos trajo un reporte hoy por la madrugada, y el reporte incluía un ataque fallido a un centurión. Usted, Cornelius, fue el único atacado ayer.

—Vaya mi suerte.

—¿Quién está detrás, entonces? —preguntó Aurelio.

—Tiberius, el mercenario romano —respondió Sextus.

Un escalofrío le recorrió la espalda a Cornelius. La sangre se le subió a la cabeza con tal intensidad que sintió como si le hubieran clavado cientos de agujas por toda la cara. Comenzó a resoplar por la nariz, respirando con intensidad.

—¿Quién? —preguntó Cornelius.

—Tiberius. Tiberius el mercenario —dijo Sextus, mirándolo extrañado, notando su semblante.

—Tiberius lleva casi un año de haber llegado a la provincia —explicó Aurelio—. Es un traidor. Buscado por el César mismo. Hace lo que sea por unos denarios. Parece que le va bastante bien.

—¿Tiberius... Favius? —preguntó Servius, cuyo rostro también reflejaba un intenso odio.

—Sí —dijo Aurelio—. Puso en vergüenza su casa. Algo me dice que lo conocen.

Cornelius comenzó a temblar de rabia. No quería que lo vieran de esa manera, descontrolado, así que se dio la media vuelta y se alejó de la mesa, caminando hacia la puerta de salida.

—¿Qué pasa? —escuchó a Aurelio decir, y Servius le respondió algo que no pudo escuchar.

Salió del cuarto con el corazón acelerado, con un sudor frío por todo el cuerpo, y un extraño ruido en los oídos, como el que quedaba en los oídos después de que una bola de fuego explotara cerca.

¿Tiberius, aquí? Inmediatamente regresaron algunas imágenes que había intentado sepultar en las cuevas más profundas de su mente...

Aquella noche maldita, después de recobrar conciencia, en la que sacó el cuerpo ensangrentado y sin vida de su hijo Maximiliano, mientras que su esposa gritaba desconsolada, gritos de un alma desgarrada.

Cornelius juró venganza. Perseguiría a Tiberius por todo el mundo si fuera necesario, pero no dejaría que se escapara después de asesinar a su hijo inocente.

Los planes de Tiberius fallaron en ese entonces. Germánicus sobrevivió al atentado, al igual que Cornelius. El juez murió, pero uno de sus siervos vio a Tiberius cuando salía de la casa del juez con cuchillo en mano.

Por supuesto, el nombre de Cornelius fue vindicado, y el César mandó que trajeran a Tiberius delante de su presencia para condenarlo y darle la muerte más humillante para un romano, una muerte reservada solamente para los griegos sin ciudadanía: la crucifixión.

Pero Tiberius escapó, y no se supo más de él.

Cornelius, por órdenes de Germánicus, regresó al campo de batalla y acompañó al célebre general en varias campañas exitosas que les dieron fortuna y el favor delante del emperador y el pueblo. Después de las campañas y de la muerte temprana y trágica del general debido a una misteriosa enfermedad, Cornelius persiguió a Tiberius por cuatro años enteros, viajando de extremo a extremo del mapa, buscándolo, siempre sin éxito. Tiberius tenía todavía demasiados familiares por todos lados que no estaban dispuestos a entregarlo. Siempre estaba un paso más adelante.

Finalmente, con el nacimiento de sus dos hijas, decidió dejar atrás aquel episodio. Pidió a Mars que vengara la sangre inocente de su hijo.

El César decidió mandarlo a Judaea, pues era un lugar relativamente tranquilo, para que pasara el final de sus días allí, para retirarse con altos honores en la ciudad que le apeteciera.

Y ahora estaba allí. En la misma ciudad que Tiberius, quien evidentemente no había olvidado lo sucedido.

Es la voluntad de los dioses, pensó Cornelius. *Me están dando la oportunidad de la venganza. Lo que tanto he buscado.*

Escuchó pasos a su espalda. Se dio la vuelta. Era Servius que se acercaba con los ojos brillando y una sonrisa en el rostro.

—Vamos a atrapar a ese perverso —dijo Servius. Tenía los puños cerrados, como preparándose para una pelea.

—Tanto tiempo buscándolo, y él vino a mí.

—Es el destino. Ayer tuvo la oportunidad de deshacerse de nosotros, y no la aprovechó. No podemos hacer lo mismo.

—He intentado olvidar todo esto, dejarlo en el pasado...

—Igualmente yo —afirmó Servius—. Recuerde, mi señor, que yo estuve con usted todo el tiempo. Lo acompañé por el mundo buscando a ese traidor y asesino. Debemos vengar la muerte de Julius, ¡su sangre clama por justicia! Y no se diga la sangre de... de... —Las palabras no le salieron.

Cornelius puso una mano sobre el hombro de su amigo.

—Tienes razón. Lo buscaremos, lo encontraremos, y le clavaré una espada en el corazón.

—O mejor todavía: lo crucificamos.

—Lo merece —Cornelius asintió lentamente.

Sí, definitivamente lo merecía. Este era un hombre que no encontraría clemencia en ninguna corte, ni divina ni humana. Sus crímenes eran demasiado grandes, y para personas como él la muerte se quedaba corta. La tortura se quedaba corta.

—Lo mejor es no mencionar nada sobre lo personal que es este asunto para mí —dijo Cornelius.

—Estoy de acuerdo.

Regresaron al cuarto de guerra, Cornelius inventó una explicación por su repentina ausencia, y prosiguieron con los planes.

20

—¿Que se escapó? *¿Cómo que se escapó?*

Tiberius golpeó la mesa con ambas manos, fuerte.

Los tres sicarios frente a él no se movieron. Sus semblantes no reflejaban miedo, sino aburrimiento.

—Reaccionaron más rápido de lo que pensamos —dijo el líder, que era un flechero supuestamente muy bueno. Por eso los contrató a ellos y no a uno de sus propios secuaces.

—Por supuesto que reaccionaron rápido. Es un centurión y un *optio*. ¿Pensaron que sería trabajo fácil? ¡Por eso los contraté! Se supone que sería una emboscada. Un trabajo fácil.

—Les tendimos la emboscada —dijo el segundo—, pero aun así...

Tiberius los miró con ojos incrédulos y, musitando más bien para sí, dijo:

—He estado huyendo de ese centurión por años, vagando por el mundo entero con su aliento en mi cuello.

El flechero levantó las manos:

—Lo intentamos. Ese era el trato. Intentar matarlo.

—No. El trato era matarlo.

El sicario, desafiante, dio un paso hacia él:

—No —dijo—, claramente dijimos que *intentaríamos* matarlo. Nunca dijimos que lo mataríamos. Por otros tres talentos, haremos otro intento.

—¿Otros tres talentos? ¿Crees que tengo talentos de sobra por allí?

El sicario se encogió de hombros.

—Quiero los talentos de regreso.

—No te vamos a dar nada, traidor.

Tiberius se congeló:

—¿Cómo dices?

—Hemos oído las historias. Sabemos por qué huiste de Roma. Sabemos que eres buscado por el emperador. ¿Sabes cuánto nos daría el prefecto por entregarte?

—¿En cuánto está mi cabeza en estos días?

—Más de tres talentos, eso te lo aseguro.

Tiberius instintivamente movió su mano derecha ligeramente en dirección de su espada, que llevaba en la cintura. Inmediatamente los tres sicarios se tensaron e hicieron lo mismo, ninguno tocando la empuñadura, pero listos para hacerlo si se necesitara.

Tiberius levantó ambas manos, enseñando las palmas:

—Calmémonos todos. No hay necesidad de que la ira reine. Entiendo lo que sucedió. Esas cosas a veces pasan. —Esbozó una sonrisa.

El flechero dudó un poco, pero sonrió también, una sonrisa forzada:

—Me da gusto que estemos de acuerdo.

—Por supuesto. ¿Cuánto por otro intento? —Sacó su bolsón con monedas y metió la mano—. ¿Tres talentos?

—La tarifa acaba de aumentar. Cinco talentos.

Tiberius levantó la vista.

—Cuando acordamos los tres talentos, no sabíamos que se trataba de un centurión célebre.

—¿Y qué diferencia hace si es célebre o no?

—Mucha, en nuestra opinión. —Enseñó la dentadura en un intento de sonrisa, y los otros dos lo imitaron.

El antiguo centurión respiró hondo. Sacó cinco monedas. Luego agregó otras tres:

—Les daré ocho si me aseguran que lo matarán.

El líder de los tres se rascó la barba, pero finalmente asintió:

—Trato hecho.

Tiberius tendió la mano con las monedas, el flechero estiró la palma, y al poner los talentos en su mano, dos de ellos cayeron al suelo.

—Ah, disculpa... —dijo Tiberius.

El flechero y el segundo sicario se inclinaron para levantar las monedas.

Tiberius llevaba escondido un puñal en el cinturón. Fue fácil sacarlo con rapidez. Lo clavó en la nuca del flechero, quien lanzó un grito ahogado. Usó el mismo puñal para clavarlo en el corazón del segundo, justo cuando se levantaba y mientras el flechero caía pesadamente en el suelo.

El tercero intentó desenvainar su espada, pero Tiberius fue mucho más rápido que él. Sacó la espada, dio tres pasos, y antes de matarlo, vio en sus ojos miedo.

Les quitó el dinero que llevaban en sus bolsas, trece talentos en total, y salió de allí.

21

Puesto que estaría en Jerusalén un poco de tiempo, el prefecto le consiguió a Cornelius una pequeña casa bastante cómoda para dormir allí. Las acomodaciones incluían un cocinero por las noches, y tres siervos.

Servius dormiría en la fortaleza Antonia, en los aposentos de los *optios*.

Antes de acostarse redactó una carta a su esposa:

> *Vesta:*
> *Espero que esta carta te encuentre bien, mi amor. He encontrado a Tiberius. Se escondía aquí en Judaea. Le daré alcance y vengaré la sangre de nuestro hijo. Es la voluntad de los dioses, estoy seguro de ello.*
> *La paz sea contigo.*
> *Cornelius*

Le pidió a un siervo que enviara la carta. Cuando llegara a las manos de su esposa, Tiberius estaría ya muerto.

O él.

Intentó dormir pero no podía. Sus propios pensamientos lo asaltaban. Su esposa le imploró por años que dejara la búsqueda de Tiberius y regresara a criar a sus dos hijas.

No lo había querido reconocer, pero su esposa tenía razón. Su deseo de venganza terminó perjudicando a su familia. Su esposa encontró la paz al perdonar al asesino. Pero no podía hacer tal cosa. ¿Perdonarlo? No. Esa no era la costumbre romana, mucho menos de los soldados, mucho menos de Cornelius el centurión, quien portaba la espada en el nombre del César. Él, quien por haberle salvado la vida al general Germánicus y su tropa en medio de una intensa batalla, recibió la corona de gramínea, la condecoración militar más alta, normalmente reservada para los generales.

Dormitó y, en su sueño vio a su esposa gritándole de lejos, en lo que parecía ser un desierto interminable y sin montañas, con huesos dispersos por aquí y allá, suplicándole que regresara, pero mientras más corría hacia ella, más se alejaba, y repentinamente unas nubes grises desde donde se escuchaba el tronar de relámpagos la absorbió, y no pudo verla más.

Se despertó con un grito atorado en la garganta.

—Por los dioses —se dijo en voz baja.

Se puso de pie. La cabeza le dolía. El cuerpo entero se quejaba de cualquier movimiento.

Necesito consultar un oráculo, pensó. *Asegurarme de que hago lo correcto.*

No había tiempo que perder. Los oráculos trabajaban en las vigilias de la noche, y sabía perfectamente bien que un oráculo de Mars consultaba no muy lejos de allí. Sí, hasta en Jerusalén había oráculos que consultaban los romanos, para enojo de los fariseos y sus seguidores.

Se vistió y salió de allí apresuradamente. Algunos vagabundos andaban merodeando, y una jauría de perros vagabundos contempló atacarlo a mordidas, ladrando y enseñando los dientes, pero Cornelius había sido atacado ya por lobos tres veces, por un oso en una ocasión, y por un león también. Así que no le tenía miedo a una jauría de perros. Continuó la travesía, con las estrellas por mudos testigos de la turbulencia en su corazón.

El callejón donde vivía el oráculo olía a desecho de animales, y a ese olor ácido del vómito. Un hombre yacía tirado en el suelo, en una posición extraña, ebrio o muerto. Ebrio, al parecer, pues roncaba. En esta parte de la ciudad vivían pocos judíos. Más bien estaba llena de inmigrantes de diferentes partes del mundo que se dedicaban al comercio, o en el peor de los casos, al crimen.

La puerta estaba entrecerrada, así que entró sin avisar.

Era una mujer anciana, que leía un libro gracias a una vela que iluminaba débilmente el pequeño cuarto que no tenía más que unas cuantas sillas y una mesa. La mujer ni siquiera lo miró, solamente dijo:

—Vienes porque algo te atribula.

Cornelius se sentó en una de las sillas, en el centro del cuarto, frente a la mesa.

—Así es —dijo.

—¿A quién adoras?

—A Mars.

La mujer levantó las cejas y lo miró:

—Un adorador de los dioses antiguos —dijo, su voz carrasposa—. Puedo ayudarte, pero primero...— Apuntó con la cabeza a un pequeño jarrón de barro sobre la mesa.

Taclinc. Cornelius lanzó un par de monedas dentro.

La mujer negó con la cabeza.

Cornelius echó otras dos.

—Vienes aquí por un familiar —dijo ella.

—No... no exactamente. Vengo por motivos de venganza.

—¿Vengar a un familiar?

—Así es.

—Tenía razón, entonces —dijo con una sonrisa triunfante que enseñó unos dientes chuecos y amarillos—. ¿Qué buscas saber?

—Si debo vengar la sangre de mi hijo.

La mujer permaneció seria, su semblante no cambió. Cerró los ojos y movió la cabeza para atrás, como para dormir. Permaneció así por un rato. Cornelius esperó en silencio.

Finalmente, sin abrir los ojos dijo:

—Tu encomienda será prosperada por Mars. —El oráculo frunció el ceño.

—¿Ve algo más?

La mujer asintió levemente:

—Veo... muerte. Sangre. Un sacrificio que debes hacer.

—¿Un sacrificio? ¿Qué?

—Mars dice que tendrás que morir también tú, o alguien a quien amas.

Esperó a que dijera algo más, pero ella no abrió ni los ojos ni la boca. Parecía haberse quedado dormida. Cornelius le preguntó si era todo, que si había algo más, pero ya no respondió.

He recibido mi respuesta, se dijo Cornelius al salir. Sin embargo, no se sentía mejor. Estaba dispuesto a dar su vida en venganza por su hijo. Si esa era la única manera, lo haría. Pero el oráculo había dicho que la muerte le podría venir a alguien a quien amaba. Eso ya no le gustaba tanto. Dar su vida, bien, pero la de alguien más...

El borracho allí tirado le pidió unas monedas. Absorto en sus pensamientos, le lanzó un par de cuadrantes, para que lo dejara en paz.

Escuchó la voz de su esposa, implorándole el perdón. Sacudió la cabeza.

Los oráculos también se equivocan. Nosotros forjamos nuestro propio camino. Me desharé de Tiberius, y nadie más morirá. Lo juro por los dioses.

22

Tres días después recibió la noticia de que Matías estaría en la ciudad en preparación para la fiesta de la Pascua. El sacerdote lo invitó a cenar junto con él, y puesto que tenía algo de tiempo, accedió a la invitación. La invitación era para cenar ya tarde, cuando la oscuridad enmascarara el hecho de que un gentil entraría en la casa de un sacerdote judío, lo cual estaba técnicamente prohibido por las leyes judías.

Matías vivía al sur del palacio de Herodes, cerca de la muralla. La casa de Cornelius en Cesarea era grande, pero la de Matías la doblaba en tamaño y, además, estaba ornamentada con la madera más fina de Persia, tapetes traídos por exóticas caravanas, tenía un mono por mascota, y la comida siempre era selecta y absolutamente deliciosa.

Cuando Cornelius entró en el amplio comedor, Matías se encontraba reclinado junto a una mesa larga. Leía un libro. La mesa estaba llena de comida, mucha más comida de la que ellos dos podrían consumir esa noche.

—Espero que todo eso no sea para nosotros —dijo Cornelius.

Matías levantó la vista y esbozó una sonrisa que permitió ver sus dientes blancos, cosa que no era común.

La mayoría de las personas tenía dientes amarillos y manchados.

—Shalom, amigo mío. Qué gusto es verte y tenerte en mi casa. Siéntate, siéntate.

Cornelius se sentó en un cojín. Miró la comida frente a él. Vino, frutas exóticas, nueces de diferentes tipos, quesos, pollo, carne... Allí había un poco de todo.

—Ser religioso no está nada mal —dijo Cornelius mirándolo de reojo con una sonrisa pícara. Era una de las críticas que él siempre había tenido hacia algunos de los religiosos: vivían muy diferente a las personas comunes. Algunos de ellos, como reyes. Eran, de cierta manera, los verdaderos reyes. Cornelius recordaba el poder que tenían los oráculos de Mars sobre el emperador. Incluso él, Cornelius, muchas veces había actuado bajo el consejo de los oráculos, y estaba dispuesto a pagarles bastante bien para recibir el mensaje de los dioses.

—Tan solo soy un siervo de HaShem —respondió Matías—. Él bendice a quien quiere bendecir.

Cornelius apuntó con la barbilla al libro en la mesa.

—«Dios nos ha dado dos alas para volar hasta Él: el amor y la razón» —dijo Matías.

Cornelius arqueó las cejas.

—Platón —dijo el centurión.

—¿Por qué te ves tan sorprendido? Sabes que me gusta la filosofía.

—Pero no me acostumbro a un sacerdote judío que me cita a los griegos. Ustedes son los que dicen que todo es pagano, todo es sucio.

—Eso no es verdad —respondió el sacerdote de buena gana—. Además, no me confundas con los fariseos.

—Ah, pero incluso ustedes creen que el único Dios es el suyo. El único templo es el de Jerusalén. ¿Sabes lo extraño que es que tengan solo un templo en toda Judaea?

—Lo sé —dijo Matías tomando un puñado de nueces y lanzándose una a la boca.

—En cualquier otra región del mundo encontrarías templos en cada ciudad. No uno, varios.

—Y a diferentes dioses —agregó Matías.

—Así es.

—Sin embargo, yo creo que la filosofía bien usada sirve para apuntarnos hacia la verdad. Los griegos estaban tan cerca. Como si palparan al verdadero Dios. Quizás inclusive algunos de ellos creyeron en Él sin saberlo...

—Ese vino es también para mí, ¿cierto? —dijo Cornelius apuntando a la copa frente a él, la cual ya estaba llena.

—Por supuesto.

Cornelius le dio dos buenos tragos, arrancó un pedazo de pollo y lo masticó con fuerza. Permanecieron en silencio por un tiempo. Para Cornelius eso hablaba de su buena amistad. Solo con un verdadero amigo se puede permanecer en silencio sin que sea incómodo.

—Ayer fui a consultar el oráculo de Mars.

—¿Sí? ¿Cuál fue la consulta, si se puede saber?

Cornelius lo pensó por un momento. Finalmente se decidió:

—Tú sabes algo de mi vida pasada. Lo que le sucedió a... Lo que le sucedió.

Matías asintió lentamente.

—Después de años de buscar a su asesino, lo he encontrado. Está aquí. En Judaea. Él también sabe que yo estoy aquí. Intentó matarme.

—¿Por eso la herida en el cuello?

Cornelius se acarició la herida distraído.

—Sí —dijo—. Sin embargo, ha pasado tanto tiempo. Pensé que la herida, eh, la herida interna, había sanado, pero no. Tan solo escuchar su nombre me hizo revivir el deseo de venganza.

—¿Qué dijo el oráculo?

—Que mi encomienda sería prosperada por Mars. Pero que sangre inocente sería derramada, también.

Matías se quedó viendo un punto indefinido en el espacio, pensando.

—¿Qué dices tú? —le preguntó el centurión.

—¿Qué digo yo?

—¿Debo vengar la muerte de mi hijo?

El sacerdote frunció el ceño. Abrió la boca y movió la quijada como si intentara relajar los músculos.

—No me siento cómodo respondiendo. Sobre todo si mi respuesta podría valerle la vida a una persona, o a varias.

—A un asesino.

—Pero el oráculo mencionó a más posibles víctimas, ¿no?

—Sí. Le creo al oráculo, pero no siempre aciertan en todo. Yo creo que cada uno de nosotros forjamos nuestro propio destino.

—Entonces ¿para qué consultar al oráculo? —El sacerdote se refrescó la garganta con un trago de la copa—. En ese caso, creo que es mejor que te dé una respuesta divina.

—¿Serás tú mi oráculo?

—Tú sabes bien lo que pensamos nosotros sobre consultar a oráculos o adivinos que no consulten a HaShem.

Asintió con la cabeza.

—Solo te diré lo que dice la Torá.

—Te escucho.

—«Ojo por ojo, diente por diente, mano por mano, pie por pie, quemadura por quemadura, herida por herida, golpe por golpe».

—Es extraño que digas eso —le dijo Cornelius.

—¿Por qué?

—El Galileo habló de eso.

—He escuchado que sus interpretaciones son... interesantes.

—Ya lo creo. Todavía recuerdo lo que dijo, algo como: *No resistas a los que son malos, y si te abofetean en una mejilla, vuélvele la otra. El que te quite la túnica, dale la capa.* Algo así.

Matías arqueó las dos cejas.

—¿Eso dijo?

—Eso dijo.

—Sorprendente.

—Por supuesto que lo es.

—Va en contra de la enseñanza tradicional, sobre todo de la de los fariseos. —El sacerdote se puso de pie.

—Va en contra de cualquier enseñanza, diría yo.

Matías entrelazó las manos detrás de su espalda y caminó mirando al suelo. Luego se detuvo. Se frotó la barba, miró al centurión, titubeó, se pasó la lengua por los labios.

—Vaya, pues, suéltalo —dijo Cornelius.

—¿Cómo dices?

—Suéltalo. Lo que me quieres decir pero no estás seguro de hacerlo.

—¿Y cómo lo sabes?

—He interrogado a incontables personas. Espero en tu caso no tener que llegar a la tortura.

A Matías no le dio gracia.

—Es sobre el Galileo. Sobre Yeshúa.

Cornelius hizo nota mental de que era la primera vez que Matías llamaba al Galileo por su nombre.

—Tú sabes bien que esta es nuestra semana santa. No hay celebración más solemne para los judíos que la Pascua. Jerusalén está llena de peregrinos por eso. Por supuesto, el Galileo también ha venido.

Cornelius asintió. Tenía espías asignados a Yeshúa, y ayer había sido informado de su arribo a la ciudad. De acuerdo con los informes, para el enojo de los líderes religiosos, en especial los fariseos y los saduceos, el Galileo llegó a la ciudad como si fuera un héroe. La gente salió a las calles para darle la bienvenida, un recibimiento que no era normal. De hecho, le habían gritado «hijo de David», y ese era un título de reinado entre los judíos.

Por supuesto, Herodes estaba nervioso. Lo que quería evitar era cualquier disturbio, y ya tenía suficiente problema con los zelotes, y con tratar de mantener felices a los romanos y los judíos. El Galileo enojaba a la élite religiosa, y eso nunca era bueno.

Aunque eso tensaba un poco las cosas, Cornelius tenía su mente más bien en Barrabás, pero todavía más enfocada en encontrar la guarida de Tiberius.

—Hoy por la mañana estuve en el templo, haciendo algunas de mis funciones allí —continuó el sacerdote—. Allí estaba también Yeshúa.

Cornelius ya sabía por dónde iba la historia. El Galileo había armado un alboroto en el templo que dejó furiosos a los religiosos.

—Repentinamente perdió la cordura y comenzó a volcar las tiendas. La gente salió de allí despavorida. Era como un loco, un fanático —dijo el sacerdote agitando los brazos.

—Me dijeron que dejó limpio el atrio de los gentiles. ¿No se supone que ese atrio es para nosotros? ¿Para que podamos adorar? Siempre está lleno de vendedores.

Matías negó con la cabeza:

—Independientemente de eso, el Galileo dejó furiosos a todos. Tuvimos una junta. El Sanedrín. Incluso los cambistas vinieron, nos pidieron que hiciéramos algo con este hombre. Esta es la semana en la que más venden.

—Y por lo que sé, una comisión de lo que se vende llega a los bolsillos de algunos fariseos y saduceos.

El sacerdote frunció el ceño:

—Eso esta mal, lo sé. Pero no justifica lo que hizo el Galileo.

Cornelius se encogió de hombros.

—Lo que te quería decir es esto —dijo Matías—: el consejo sacerdotal y los fariseos están de acuerdo...

—Vaya, eso sí es sorprendente. ¿Los saduceos y fariseos de acuerdo en algo?

—Sí —dijo Matías muy serio—. El consejo ha decidido que debe morir.

Ahora fue Cornelius quien se puso serio.

—¿Morir?

—Mejor que muera uno, y no que todos seamos destruidos por su culpa. Cornelius, este hombre está poniendo en riesgo la paz que tratamos de mantener. Si hace una revolución, los romanos... ustedes, vendrán y destruirán todo. El templo, las edificaciones, el hipódromo, el teatro... ¡Todo quedará destruido!

Cornelius se levantó y se acercó a su amigo. Le puso una mano en el hombro.

—Escuché hablar a Yeshúa. Ese hombre solo predica la paz. ¿Matarlo? Eso me parece extremo, amigo. Además, y no creo tener que recordártelo, ustedes no pueden matar a nadie.

Matías dio unos cuantos pasos alejándose de Cornelius, dándole la espalda, como avergonzado. Luego dijo:

—Exacto. Lo tendrán que hacer ustedes.

—Tendrás que convencer a las autoridades. A Pilato. A Herodes.

—No son más que títeres. Un poco de presión...

Cornelius sacudió la cabeza.

—Tú sabes bien cómo son estas cosas, Cornelius. Lo sabes mejor que yo. El Galileo tendrá que sacrificarse por el bien más grande.

—¿Cuál es el bien más grande?

—El pueblo. Si el Galileo no perece, la multitud se irá tras él, y todos pereceremos al final. Todo lo que hemos hecho será en vano.

—«Cuando una multitud ejerce la autoridad, es más cruel aun que los tiranos».

Matías se dio la vuelta y con los ojos hizo la pregunta. Cornelius respondió:

—Platón.

———————

—Le tengo buenas noticias —le dijo Servius cuando Cornelius salió de la cena. Se había quedado afuera porque no estaba invitado. Además, ya era un riesgo para Matías tener a un gentil en casa, sobre todo en semana de Pascua. Aunque Matías era un saduceo no tan estricto como la secta de los fariseos, de todas maneras no se quería arriesgar demasiado.

Cornelius al principio no respondió la pregunta de su *optio*. Se quedó mirando las estrellas.

—¿Será que solo existe un Dios? —dijo Cornelius, distraído.

Servius lo imitó, levantando la vista a los astros celestes que iluminaban la noche. Era una noche sin nubes, clara, y las estrellas tintineaban en todo su esplendor.

—Imposible —contestó Servius—. Un solo Dios no pudo haber hecho todo esto. Requiere mucho trabajo, mucho esfuerzo, muchos dioses.

—¿Y si fuera un Dios Todopoderoso?

Servius se encogió de hombros y dijo:

—No puede ser el Dios de los hebreos. Si fuera el verdadero Dios, no hubiera dejado que Su pueblo fuera conquistado. ¿O sí?

Cornelius prefirió cambiar de tema:

—Dijiste que tenías noticias.

Los ojos de Servius relampaguearon:

—Acabo de recibir información. Sobre Tiberius. Creemos saber dónde está.

El corazón del centurión se aceleró:

—No perdamos más tiempo. Si podemos capturarlo hoy, hagámoslo.

23

A Tiberius no le gustaba ni siquiera acercarse al estanque de Siloé.

Pero allí estaba, esperando. Era el lugar en donde su informante le había pedido que se vieran, en parte porque esta era una parte de la ciudad que los romanos odiaban por estar llena de enfermos. Por lo tanto, no se veían patrullas romanas.

Para llegar al estanque se descendía por unas escaleras de piedra. Las aguas no se veían limpias, sino más bien verdosas. Junto al estanque muchas personas esperaban de pie, sentadas, o tiradas en el suelo sobre alguna alfombra barata, todas ellas con alguna enfermedad o defecto físico.

Tiberius había escuchado la leyenda: de cuando en cuando, un ángel bajaba y tocaba las aguas. Al hacerlo, el primero en lanzarse al agua sucia era sanado.

Él era un hombre supersticioso. Aunque no estaría dispuesto a sumergirse en esas aguas apestosas, quizá si estuviera lo suficientemente desesperado...

También había escuchado la otra leyenda, la del Galileo. Supuestamente había sanado allí a un hombre con un defecto. ¿Sería un leproso? ¿Paralítico? ¿Ciego?

Una cosa tenía por cierta: el Galileo era un charlatán. Tenía que serlo. ¿Hijo de los dioses? ¡Bah!

—Tiberius

Se dio la vuelta para ver a su informante, quien tenía el semblante medio oculto tras un turbante.

—No digas mi nombre, no en voz alta.

—¿Y a quién aquí podría importarle?

—A mí me importa, y eso es suficiente. ¿Tienes noticias?

—Sí. Los romanos atacarán tu guarida esta noche.

Apretó los dientes:

—¿Cómo saben de mi guarida? —Había sido cuidadoso. No lo suficiente, aparentemente.

—Eso no lo sé. Lo único que me dijeron es que ya saben tu ubicación, y mandarán algunos soldados para deshacerse de ti.

—¿A muchos?

—No lo sé.

—Pues esa información me serviría mucho, ¿no crees?

Al informante no le gustó el tono.

—Esa información no la sé porque no se ha decidido. Pero en mi experiencia, harán lo posible por hacerlo de manera sigilosa. Enviarán a unos tres o cuatro.

Sonaba lógico. Para algo así, si él fuera todavía un centurión, haría lo mismo. Al mandar demasiadas personas se corría el riesgo de alertar al enemigo.

—Tendré que estar preparado.

—¿Preparado? ¡Huye lo más rápido que puedas!

—No. Si tuviera que adivinar, mandarán a cierto soldado con el cual tengo una cuenta que saldar.

—Allá tú —le dijo el informante y le tendió la palma. Tiberius puso unas monedas en la mano. Inmediatamente, el hombre se retiró.

Tiberius se alejó del estanque justo cuando escuchaba el *tplash* de alguien que se había lanzado al agua. No se quedó para ver si era sanado. Tenía cosas más importantes que hacer.

Cornelius estaría entre los atacantes esa noche. Estaba seguro. Nunca enviaría a soldados a capturarlo. Lo haría él mismo. Y si lo hacía, estaría esperándolo felizmente. Estaba cansado de esconderse como una rata por todo el Imperio. Ya era hora de terminar todo, de saldar las cuentas, de deshacerse de aquel que le había arruinado la vida.

Si no fuera por Cornelius, en este momento sería un hombre poderoso. La gente lo temería. Sería un hombre respetado en toda Roma.

En lugar de eso, era considerado un traidor, y su cabeza tenía precio.

Pero todo terminaría esa noche. Sí.

Arriba, el cielo se llenaba con nubes cargadas de agua. Llegó a su guarida, que no estaba muy lejos. Al entrar, le dijo a uno de sus sicarios:

—Háblale al «negro» y al «escorpión». Los necesitaremos a ellos también esta noche.

—¿Tendremos compañía?

—Podría decirse que sí.

24

A lo lejos, el cielo rugía. Unas gotas de lluvia comenzaron a caer.

Se apresuraron a la fortaleza Antonia, donde se reunieron con Aurelio y con el espía que había proporcionado la información. Parecía ser información de inteligencia confiable, así que decidieron intentar la captura.

De acuerdo al espía, el traidor se escondía cerca de la entrada de la fuente, no muy lejos del estanque de Siloé, en uno de los barrios bajos de la ciudad.

—En esa sección de la ciudad solo hay judíos —dijo el espía, que era un joven soldado de tez morena y nariz ancha que podría pasar por hebreo. Probablemente venía de un matrimonio mixto—. Por lo que se debe tener cuidado. Cualquier presencia de soldados será recibida con animosidad.

—No podemos entrar así nada más —dijo Servius—. Saldrá huyendo cuando estemos todavía lejos de su nido de víboras.

—Tiberius es un hombre escurridizo —dijo Cornelius—. Esta será una operación encubierta. Iremos solamente seis, vestidos de civil, y nos aproximaremos al lugar por diferentes ángulos, para que no nos vean juntos.

—¿Solo seis soldados? —dijo Aurelio—. Será mejor tener por lo menos unos quince, para asegurarnos de capturar al traidor.

Cornelius negó con la cabeza.

—Tiberius tiene un olfato para estas cosas. Él mismo fue soldado. Si sospecha algo, saldrá huyendo. Mejor que sea una operación encubierta, con poca gente.

El prefecto del pretorio no se veía convencido.

—Es un riesgo grande. No quiero perder personas, no en algo así.

—Seis personas son suficientes —afirmó el centurión.

—Tienen que tomarlos por sorpresa, porque si ellos son más de seis, eso pudiera ser un gran problema —dijo Aurelio.

—No se preocupe, señor —dijo Servius—. Los tomaremos por sorpresa, se lo garantizo. Esta lluvia que se avecina nos ayudará.

Aurelio lo pensó por un momento.

—Está bien. Confiaré en su juicio, centurión. Si el general Germánicus confió en usted, no veo por qué yo no. —Dirigiéndose al espía preguntó—: ¿Cuántos hombres habrá en la guarida?

—No muchos, para no levantar sospechas. Al final, Tiberius sigue siendo romano, y está en territorio judío. Unas cuatro personas con él. Seis, máximo.

—No debe ser problema, entonces —dijo Servius.

—Tengamos cuidado, de todas maneras —dijo Cornelius—. Necesitaremos buenos soldados.

—Tendrás a los mejores de la «Italiana» —dijo Aurelio—. Capturemos de una vez a este traidor. Ya hace mucho que la espada pide su cuello.

—La noche es joven —dijo Cornelius mirando a los soldados a su alrededor. *Y la venganza apremia,* se dijo a sí mismo.

————————

—Esto es una tormenta —dijo Servius.

Los cielos habían dejado caer una cortina de lluvia tan pesada que les dificultaba ver a más de diez pasos. Llevaban lámparas —un candelabro protegido por un vidrio color verde semitransparente—, pero estas no servían de mucho. Cuando el cielo se iluminaba por un relámpago, les permitía ver un poco más, pero tan solo por un momento. Luego venía el trueno estremecedor.

—Es Mars —dijo Cornelius mirando hacia el cielo—. Él es el dios de la venganza. Está de nuestro lado.

Caminaron por las calles desiertas de Jerusalén, aproximándose hacia la casa donde se escondía Tiberius. Habían dejado el uniforme en el pretorio. En su lugar llevaban unas túnicas largas y pesadas, con una capucha que les cubría la cabeza. Aunque la lluvia era molesta, funcionaba a su favor puesto que la ciudad era una ciudad de los fantasmas. No había nadie por ningún lado. Por lo tanto, podrían aproximarse con confianza, porque además el estruendo de la lluvia enmascaraba el sonido de sus pasos.

Algunas de las calles que atravesaban se habían convertido en pequeños ríos. Probablemente la parte pobre de la ciudad se inundaría. Mientras más se acercaban a su destino, del suelo subía un aroma desagradable por el excremento en las calles que se mezclaba con el agua.

Los pensamientos de Cornelius, sin embargo, estaban lejos de allí. Caminaba en automático, pensando en su hijo

Maximiliano cuando estaba en vida. En cómo se alegraban sus ojos cada vez que lo veía. En su piel blanca y suave. En la primera vez que lo escuchó decir una palabra, *agua*...

... en el crujir de la casa en fuego cuando se le vino encima...

... en despertar a los gritos desconsolados de su esposa...

... en el horror de los ojos sin vida de su hijo...

Agitó la cabeza para remover esos pensamientos. Necesitaba concentrarse por completo. Si quería que esta misión fuera un éxito, necesitaba todos sus pensamientos bajo control.

—Hoy vengaré tu sangre, hijo —musitó Cornelius.

—¿Cómo dice, mi señor? —le preguntó Servius.

—Nada —respondió, pues pensó que había hablado en sus pensamientos y no en voz alta—. Ya estamos cerca.

No estaban muy armados, pero lo suficiente. Cornelius llevaba su espada, la cual se ocultaba debajo de su túnica. Llevaba también una navaja corta. Servius, además de su espada y una navaja, ocultaba detrás de su espalda una ballesta pequeña que lanzaba dardos.

Servius se detuvo en una esquina, Cornelius también.

—Si no me equivoco —dijo el *optio*—, es aquella casa. —Apuntó a una de dos pisos que apenas podían ver por la lluvia. Un relámpago iluminó el cielo y pudieron ver no solamente la casa, sino también otras dos sombras al otro extremo de la calle.

Por un momento Cornelius pensó que eran espías de Tiberius y que ya habían sido descubiertos. Si era así, la situación se convertiría rápidamente en una de combate o de persecución.

No, quizás eran dos de sus soldados.

—Son los nuestros, ¿no? —dijo Cornelius—. Hazles la señal.

Servius levantó la lámpara y la movió de izquierda a derecha dos veces. Un momento después, el punto luminoso de la linterna de una de las sombras se agitó tres veces.

—Son ellos —dijo Servius.

Caminaron para reunirse con los otros dos. Las calles estaban completamente desiertas, con las ventanas cerradas. Incluso la casa que asaltarían en breve parecía abandonada. En las ventanas cerradas con persianas de madera no se distinguía luz alguna. ¿Habría ya huido Tiberius? ¿Llegaban demasiado tarde?

—Los otros dos no deben tardar —dijo uno de los soldados. En ese preciso momento los vieron acercarse.

—No hay tiempo que perder —dijo el centurión cuando se agregaron los otros dos al grupo—. La casa tiene dos entradas. Nosotros entramos por la principal. Ustedes —apuntó a los dos que acababan de llegar— entran por la puerta trasera. Y ustedes dos —señaló a los otros— por la ventana que da a la calle. Lo haremos al mismo tiempo y rápido. Desháganse de quien necesiten, pero a Tiberius lo quiero vivo.

—¿Cómo sabemos quién es Tiberius?

—Es el más alto y el que mejor pelea —respondió Cornelius—. ¿Alguna otra pregunta?

—Ninguna, mi señor —respondieron todos al unísono.

—Hagamos esto por Roma.

Momentos después estaban todos en posición. A Cornelius no le gustaba que no escuchaba absolutamente nada dentro de la casa. Eso lo ponía un poco nervioso. Ninguna conversación. Ninguna risa. Ni siquiera pasos.

Es verdad que era ya pasada la media noche, pero esta era gente que vivía de noche. ¿Era una trampa?

Levantó la mano en señal de «espera». Miró a Servius. En sus ojos vio determinación con una mezcla de venganza. Esa era una combinación poderosa a la hora de la batalla.

¿Miedo? Nada. Si era hora de morir, estaba listo para entrar al más allá.

Pero sabía que su hora no había llegado. Podía sentirlo en la superficie de su piel, en el palpitar de su corazón, en su respirar como caballo enojado.

Por mi hijo..., pensó.

Luego silbó fuerte. La señal.

Le dio una patada a la puerta, pero no se abrió.

Maldijo.

Servius le dio otra, tampoco abrió, Cornelius le propinó una tercera patada, las bisagras tronaron, la puerta se abrió hacia adentro, y entraron con lámpara en mano.

Inmediatamente fueron atacados.

25

Cornelius vio una sombra que se abalanzaba sobre él. No tuvo tiempo de pensar. Su reacción fue por inercia. Lanzó un espadazo diagonal que, por suerte, chocó en contra de la espada enemiga, de lo contrario, le hubiera partido el cráneo.

El energético ataque los hizo retroceder, tanto a Cornelius como a Servius, a la calle.

Eso obligó a sus atacantes a salir también. Eran dos. Grandes. Fuertes. Mercenarios, probablemente. El de la izquierda, que llevaba puesta una coraza, atacó a Cornelius. El otro —que atacó a Servius—, además de blandir una espada larga, cubría su cuerpo con un escudo.

Nos esperaban, pensó Cornelius apretando los dientes, enojado. Mientras se defendía del feroz ataque, en la parte de atrás de su mente no podía evitar preguntarse qué había salido mal.

¿Los vieron aproximarse? Habían sido cuidadosos. No vieron espía alguno. O peor aún, ¿algún infiltrado entre ellos logró avisarle a Tiberius con anticipación sobre el intento de captura? Esa opción era todavía peor por sus implicaciones. No muchos se enteraron de esta operación, lo que reducía el número de posibles traidores entre ellos.

Podía escuchar el sonido de lucha, los gritos de esfuerzo y el enojo que provenían no solamente de la batalla que libraba su *optio* a unos pasos de él, sino también por sus otros soldados.

Su contrincante se descuidó por tan solo un segundo, y el centurión aprovechó para lanzarle una patada en el muslo izquierdo. El mercenario gritó de dolor y dio dos pasos hacia atrás, adoptando posición de defensa, con la espada apuntando hacia el frente.

—¿*Dónde está Tiberius?* —gritó Cornelius.

Su enemigo se limitó a sonreír.

Te borraré la sonrisa. Cornelius lo embistió con una serie de estocadas fuertes, buscando el punto débil del acorazado, el cual se defendió valientemente pero, al final, no tenía ni la técnica ni la experiencia de batalla del centurión, y finalmente, en un descuido, le deslizó la espada por la garganta.

Su enemigo cayó de rodillas con una expresión de sorpresa en los ojos, lanzando sangre por la herida y por la boca, y se desplomó en el suelo.

Inmediatamente Cornelius fue al auxilio de Servius, y para el infortunio del mercenario, estaba de espaldas hacia Cornelius, así que fue fácil clavarle la espada y deshacerse de él.

—Adentro —ordenó Cornelius.

En la escaramuza perdieron las linternas. Las buscaron y rápidamente las encontraron, pero solo una de ellas seguía arrojando luz. Cornelius la tomó y se adentraron en la casa.

Se escuchaba la batalla en el próximo cuarto, al otro lado de una puerta cerrada. Corrieron hacia ella, Cornelius pensando que si estaba atrancada por el otro lado sería difícil (si no imposible) abrirla. Tendrían que rodear la casa y buscar otro punto de entrada.

Pero no. Estaba abierta. Al cruzar el umbral, pudieron ver la escena: eran cuatro contra dos. Cuatro enemigos (dos de ellos con linternas en una mano) contra dos soldados romanos. Los otros dos soldados estaban tirados en el suelo, uno indudablemente muerto en una esquina, con una lanza clavada en el vientre, y el otro dando sus últimos gemidos, desplomado sobre el marco de una de las dos ventanas del cuarto, con un par de flechas clavadas. Parecía que lo habían herido mientras intentaba cruzar hacia dentro. Sin duda los tomaron por sorpresa.

Apenas dieron un par de pasos dentro del cuarto, y todos se congelaron y los miraron con temor en los ojos.

Cornelius inmediatamente lo reconoció.

Sus miradas se cruzaron, y 16 años de odio golpearon a Cornelius como una tormenta de arena. Esos años, por supuesto, habían cobrado su salario en el semblante de Tiberius. Algunas canas pintaban su cabello, dándole un color plateado metálico. Sus ojos estaban rodeados por ligeras arrugas, y unas ojeras moradas se aferraban a los párpados inferiores. La punta de extrema izquierda de sus labios se inclinaba hacia abajo debido a una cicatriz, dando la impresión de estar perpetuamente molesto.

Pero eran los mismos ojos. Unos ojos traicioneros y llenos de odio. Tiberius no apartó su mirada, sino que miró fijamente a Cornelius.

—¿Qué pasa, Cornelius? —Tiberius sonrió, una sonrisa torcida—. ¿Cómo está tu hijo?

26

Fue como si todo, excepto Tiberius, se hubiera oscurecido.

Al escuchar esas palabras, su visión se difuminó, no pudo escuchar lo que Servius le decía. Solo escuchaba las pulsaciones de su corazón en las orejas.

Lanzó un grito que salió desde sus entrañas, pero no lo escuchó. Sintió que su garganta vibró. Era como estar en un sueño.

Corrió hacia su enemigo. El tiempo parecía haberse derretido, avanzaba como lava bajando por la ladera de un volcán.

Tiberius se giró hacia él, su boca articulando —lentamente— profanidades, tomó la espada con ambas manos e inclinó su cuerpo ligeramente hacia abajo y atrás, como un tigre que se prepara para precipitarse sobre su presa. Entonces se arrojó hacia delante, hacia Cornelius, y levantó la espada por encima de su cabeza, con la boca abierta, grotescamente enseñando el interior de su garganta, con las venas en la frente saltando y el rostro escarlata, como un demonio que había finalmente salido de las cárceles del inframundo.

Cornelius se defendió del ataque.

Las chispas volaron cuando metal se encontró con metal. El fuerte *clanc,* como por hechizo mágico, regresó el tiempo a su estado normal.

Golpe, golpe, defensa, estocada diagonal, defensa, paso a la izquierda, defensa, esquivar, doble ataque, defensa...

Sí, habían pasado los años, y los dos estaban más viejos, pero evidentemente Tiberius no se la había pasado comiendo y tirado en una hamaca. Era un mercenario y peleaba como un profesional, con golpes fuertes y ataques certeros y bien pensados. Se notaba su entrenamiento de élite. Era evidente que Tiberius estaba acostumbrado a herir, a matar, a triunfar sobre sus enemigos.

La batalla se libraba también a su alrededor, pero seguía el empate. Nadie más había muerto.

—Hablando de familias —dijo Cornelius en una pausa—, ¿cómo está la tuya? Lo último que escuché es que lo perdieron todo. Debe ser difícil tener a un traidor en la familia.

Tiberius entrecerró los ojos.

—¿Y de qué sirve toda tu gloria, Cornelius Tadius, si no podrás disfrutar de ella?

El ataque fue salvaje. Cornelius no esperaba tanta fuerza y lo tomó desprevenido. Tiberius lanzó la espada hacia adelante y, aunque se movió justo a tiempo para que no le atravesara el vientre, Cornelius sintió cómo le cortó la carne justo por encima de la cadera.

Gruñó, pero no gritó.

Se oyó un grito, pero no era ni de Cornelius ni de Tiberius, sino del mercenario que caía al filo de la espada de Servius. El *optio,* que estaba al otro extremo del cuarto, corrió hacia ellos.

Cornelius supo inmediatamente lo que pensaba Tiberius.

Va a huir.

Después de todo era un mercenario. Ya no un soldado. Su lealtad no era para los dioses ni a la patria, sino al mejor postor. Sin duda recordaba que Servius era excelente espadachín, y no podría contra los dos, no en un lugar tan cerrado.

Estaban en una esquina, con una puerta detrás de Servius, la otra detrás de Cornelius.

—Despídete, Tadius —murmuró Cornelius.

Para su sorpresa, Tiberius dio tres grandes zancadas al mismo tiempo que dejaba caer su espada al suelo, y saltó por una de las ventanas como echándose un clavado a un río del otro lado del marco.

—¿Qué...? —dijo Servius, incrédulo.

Cornelius ya estaba, sin pensarlo dos veces, cruzando el marco de la ventana, mientras decía:

—Yo me encargo de Tiberius, ¡arresta a los mercenarios!

La sombra de Tiberius se alejaba por la calle, dándose a la fuga, y parecía estar cojeando. El centurión corrió tras él.

Se sentía absolutamente exhausto, pero este no era el momento para darse por vencido. Estaba demasiado cerca de capturarlo, además, Tiberius no tenía su espada. La había lanzado para no clavársela al saltar por la ventana. Seguramente tenía otra arma consigo, un cuchillo o un dardo, pero sin espada era hombre muerto.

Sintió un líquido caliente que le bajaba por el muslo derecho, y recordó que estaba herido. En la oscuridad no podía ver la gravedad, pero no creía que la lesión fuera demasiado profunda. Se puso la mano sobre ella y apretó, para evitar que la sangre siguiera fluyendo.

¿Dónde estaba Tiberius? No podía darle alcance. El mercenario daba vueltas a izquierda y derecha por las muchas angostas callejuelas, intentando perderlo. La lluvia hacía la persecución más dificultosa.

—¡No tienes a dónde huir! —le gritó—. Si te detienes, tendré piedad de ti— le mintió.

En realidad lo único que le pasaba por la mente era clavarle la espada en el corazón y ver sus ojos apagarse poco a poco, mientras le susurraba al oído: «Esto es por mí y mi hijo».

El sudor le bajaba por la frente, por todo el cuerpo. Su corazón latía tan fuerte que comenzaba a sentir un extraño dolor en el pecho. Los músculos de las piernas, el muslo y el chamorro, estaban en fuego. Pronto no podría correr más aunque quisiera. Necesitaría un descanso, y en ese descanso lo perdería, quizás para siempre.

Se detuvo de golpe.

No para descansar. No veía a Tiberius.

Estaba en una parte de la ciudad con casas de doble piso, en donde vivían familias atiborradas en espacios pequeños. El olor a heces y orines era casi insoportable.

Justo antes de recibir el golpe en la nuca, sintió la presencia de Tiberius que se acercaba silenciosamente por su espalda, pero no pudo darse la vuelta con suficiente rapidez.

Cayó al suelo desorientado, aturdido, casi desmayado.

Extrañamente el resto de su cuerpo le daba las gracias por el descanso, excepto su cabeza.

Se acostó boca arriba. ¿Y su espada? Intentó buscarla, pero el mundo le daba vueltas.

Cerró los ojos.

—No debiste haberme seguido —escuchó la voz de Tiberius.

Cornelius abrió la boca para responder, pero de ella no salió ni una palabra.

—Todo este tiempo he tenido que vivir como una rata, gracias a ti. He pedido a los dioses que me den mi oportunidad de venganza. Nunca pensé que sería aquí. Pero mírate. Tenías todo a tu favor.

Cornelius abrió los ojos. Su mirada se enfocó en Tiberius. Blandía la espada del centurión.

Con esfuerzo, el centurión logró balbucear:

—Mataste... a mi hijo...

—Sí, Cornelius. Te quité un hijo. ¡Pero gracias a ti yo lo perdí todo! *¡Todo!* Estos años he estado vagando por el mundo sin patria, sin poder ver a mi familia, mi país.

—¡Tu culpa! —gritó Cornelius—. Todo fue tu culpa, ¡traidor!

Los ojos de Tiberius se encendieron en ira. Se acercó a Cornelius, se detuvo junto a él.

La lluvia arreció, y golpeaba con fuerza la cara de Cornelius. Pequeñas punzadas frías. No cerró los ojos. Enfrentaría la muerte viendo a su asesino a los ojos, grabando su rostro para no olvidarlo en la eternidad.

—Cómo son las cosas. —Levantó Tiberius la espada—. Muerto con tu propia espada.

27

Cornelius había estado ya en muchas situaciones de posible muerte. Cuando su mente pensaba que estaba por morir, no le mostraba toda su vida, como otros decían que les había sucedido.

Cornelius veía la cara de su mujer. Esos ojos claros que siempre lo miraban con compasión. Con amor. Todas las personas con las que lidiaba lo miraban con respeto, admiración... ¿pero con amor? ¿Verdadero amor? Su esposa. No sonreía, pero tampoco parecía estar triste. La pudo ver claramente, con un vestido de lino, blanco, hermoso y sencillo. Y junto a ella, a ambos lados, aparecieron sus hijas, Maximilia y Lucía.

Sintió dolor en su corazón.

Sus dos hijas le sonreían, una sonrisa amplia, esa sonrisa de cuando lo veían llegar a casa después de un tiempo fuera. Cornelius quería que corrieran hacia él, que gritaran «papá», que Maximilia saltara para abrazarlo y Lucía lo abrazara por la cintura.

¿Había valido la pena?, se preguntó.

Probablemente no. Debió haber escuchado a las súplicas de Vesta, debió haber dejado la venganza a los dioses, a Mars.

Pero ya era demasiado tarde.

Enfocó la mirada en su verdugo.

Tiberius lanzó la espada muy hacia atrás, para que descendiera con suficiente fuerza para cortarle la cabeza.

Súbitamente los ojos del mercenario se abrieron grandes y redondos, y lanzó un alarido.

Todo se volvió confuso para Cornelius. Gritos, el choque de espadas, profanidades volando por el aire...

Cerró los ojos y esperó que todo terminara.

Luego silencio. Silencio absoluto.

Después de mucho tiempo, alguien se arrodilló junto a él, pudo escuchar su respiración profunda. Escuchó la voz de Servius:

—¿Está vivo?

Una mano revisó su pulso en la garganta.

—Está vivo —confirmó otra voz.

—Mi señor, ¿puede escucharme?

Cornelius abrió los ojos. Tenía la cara de Servius cerca de la suya. Sangraba abundantemente de la frente, y la sangre le caía como si fuera una máscara.

—¿Tiberius? —dijo Cornelius con dificultad. Le ardía todo el cuerpo. Quería sentarse pero no podía ni siquiera moverse.

—No pude matarlo —le contestó.

No...

—Pero se llevó dos de mis dardos de regalo —dijo enseñándole el lanzadardos.

Cornelius asintió, y perdió el conocimiento.

PARTE III
EL REDIMIDO

28

Despertó con un grito atorado en la garganta.

Se quitó la sábana que lo cubría hasta el torso. Estaba empapado en sudor. No podía recordar bien el sueño, excepto la sonrisa de Tiberius.

Intentó levantarse.

—Yo no haría eso, centurión —dijo una voz. Era un hombre de barba larga y gris, quien molía algo en un cuenco de piedra en la esquina del cuarto. Olía a césped mojado.

—¿Quién es usted? —La voz le salió débil y rasposa. Se aclaró la garganta, pero la tenía seca.

—Soy el médico. —Por su acento, judío—. Le recomiendo descanse lo más que pueda. Para que se recupere de las heridas.

Justo en ese momento sintió dolor tanto en su hombro como en la cadera. Tenía un vendaje nuevo sobre el hombro, y uno manchado de rojo en la cadera.

—Usted es un hombre con suerte. La herida en la cadera no es profunda. No demasiado, por lo menos. La del hombro está cicatrizando bastante bien.

—¿Qué día es hoy?

—Medio día de *yom shlishi*. Eh, el día de Marte, como dicen ustedes. —Pasó un líquido verde del cuenco a un vaso de madera.

Estoy a tiempo, pensó Cornelius. *El ataque de Barrabás al Senado será mañana.*

Puso los pies en el suelo, pero al intentar ponerse de pie solo logró gruñir de dolor. El doctor se acercó con el vaso en mano.

—Debo insistir en que descanse.

—Descansaré toda la eternidad en Elíseo.

—Puede ser. Pero eso será cuando esté muerto. Ahora está vivo, y necesita descansar aquí.

—¿Dónde está mi *optio*?

—Salió hace unas dos horas. Dijo que regresaría al mediodía. No debe tardar. Mientras tanto tómese este brebaje.

Cornelius tomó el vaso y miró el contenido con sospecha. Levantó la vista. El doctor tenía cara de *no me hagas lidiar con esto*.

—Soy el doctor personal de mi señor Aurelio. Me pidió específicamente encargarme de usted. Y si me lo permite, soy el segundo mejor doctor en estas tierras.

Cornelius se bebió el brebaje, un terrible sabor agrio.

—Perfecto.

—¿El segundo mejor doctor? —dijo todavía con una mueca en la cara—. ¿Quién es el primero?

—Bueno, hay un hombre, un rabino itinerante del que seguro ha escuchado hablar.

—Yeshúa el Galileo.

—Sí, él. Yo sano con medicina, pero él con su voz. Jamás en mi vida había visto un milagro. Siempre he creído en ellos. ¿Pero ver uno?

—Dicen que es el Mesías.

El doctor bajó la vista y frunció el ceño. Se lamió los labios, pero sin decir nada. Evidentemente le incomodaba esa referencia, ya que podía acusársele de apoyar a un subversivo, a uno que ponía en riesgo la paz romana.

El Galileo produce una reacción en todos, pensó Cornelius. Mejor cambió el tema:

—Y este potaje, ¿qué?

—Le ayudará a relajarse un poco —dijo el médico agradecido por el cambio de conversación.

—¿Relajarme? ¡Eso no es lo que quiero!

—Es lo que necesita —respondió firme.

Servius entonces entró al cuarto. Se cruzó de brazos.

—Siempre es lo mismo, doctor. No se preocupe, yo me encargo de que descanse por lo menos un poco.

El doctor salió del cuarto murmurando entre dientes algo en hebreo.

Servius acercó un banquillo a la cama y se sentó. Puso las manos sobre sus rodillas y exhaló fuerte.

—¿Tú estás bien? —le preguntó Cornelius.

—Sí. Ni un rasguño —respondió. Y agregó—: Tan cerca, tan cerca de atraparlo. Pero no pude. Hay que admitirlo: ese hombre sabe correr, incluso herido.

Cornelius soltó una pequeña carcajada incómoda, seguida por un gruñido de dolor.

—No me hagas reír que traigo el cuerpo maltrecho. Estoy tratando de recuperarme.

—Quería darle una actualización de lo que sucedió ayer. Perdimos dos hombres. Fueron los primeros en entrar por la ventana y fueron emboscados, como nosotros. La casa adentro estaba oscura y seguramente no vieron a los atacantes. Ellos eran seis. Nos deshicimos de cuatro. Tiberius escapó, y capturamos a uno con vida.

—Perfecto. ¿Ya lo están interrogando...?

—Cuando me vine del pretorio podía escuchar sus gritos. Estoy seguro de que nos dará muy buena información.

—Tengo temor de que esta operación fracasada haya puesto en peligro la captura de Barrabás.

—El prefecto hablará con usted al respecto. Estamos esperando noticias del espía que tenemos con Barrabás. Cuando nos dé información tendremos una mejor idea. Pero si me pregunta a mí... dudo mucho que suspendan su golpe por esto. Es demasiado importante para ellos.

—Lo mismo pienso yo —dijo Cornelius. Conocía bien a este tipo de fanáticos nacionalistas. Había luchado contra ellos por diferentes rincones del Imperio. Eran megalómanos. Sus pensamientos de grandeza les hacían pensar que eran inmortales. Las vidas de las personas que luchaban por ellos no eran más que vidas desechables, pedazos de carne destinados a morir por el gran ideal del líder. Eso, por supuesto, los hacía peligrosos, pero al mismo tiempo los convertía en un blanco más fácil, porque siempre cometían el error de pensar que eran invencibles.

Por eso la armada romana había triunfado sobre todos los pueblos. Era el ejército más exitoso en la historia de la humanidad, y se debía a que aunque los romanos confiaban en la voluntad de los dioses, se empeñaban en establecer estrategias exitosas. La guerra al final era un juego de inteligencia y no se ganaba necesariamente en el campo de batalla, sino en la tienda de campaña, con el mapa en frente, con la estrategia.

Lanzará su ataque, no tengo duda. Y cuando lo haga, lo capturaremos.

Con dificultad se puso de pie, Servius quiso ayudarlo pero no aceptó la ayuda.

—Ya me estoy sintiendo mejor. Dile a Aurelio que me reuniré con él cuando el sol se esconda. Quiero estar en esa operación.

—Mi señor...

—Servius, me conoces bien. Hemos estado en un sinnúmero de campañas juntos. Me has visto verdaderamente herido. Y si crees que dos rasguños me impedirán ir, entonces estoy decepcionado de ti porque no me conoces.

29

Aunque el médico protestó, Cornelius salió esa tarde. Con dolor de cabeza, pero no tan fuerte como para quedarse en cama, se dirigió a la fortaleza Antonia, que estaba cerca de la casa en donde habían atendido sus heridas. Por fortuna, sus heridas no habían sido demasiado profundas.

El sol estaba por meterse. El templo parecía brillar. Aunque la fortaleza Antonia —el pretorio— era un edificio imponente, definitivamente no se comparaba con el templo.

Cuando el prefecto Aurelio vio a Cornelius entrar al salón de estrategia junto con Servius, lo saludó:

—No es fácil detenerlo, ¿eh? —le dijo. Había otros diez hombres con él.

—¿A mí o a Tiberius?

—A los dos, supongo.

—Se necesita más que unos cuantos rasguños para detenerme a mí —contestó Cornelius al llegar a la mesa.

—Me informan que el traidor se fue con más que unos rasguños.

—Así es. Debe estar bastante herido.

—Aunque no lo suficiente como para dejar de correr rápido —agregó Servius.

—Perdimos dos hombres en la escaramuza —dijo el prefecto mirando al centurión—. Pero ellos se llevaron la peor parte.

Cornelius frunció el ceño. La muerte de esos hombres era su responsabilidad. Quizás no su culpa completamente, pero definitivamente su responsabilidad.

—Tendremos que llenar un informe sobre eso después —dijo el prefecto—. En estos momentos lo más importante es evitar el ataque mañana y capturar a Barrabás, de preferencia con vida. El hombre que capturaron nos ha dado muy buena información.

—Me alegra escucharlo —dijo Cornelius.

—Es lo bueno de lidiar con mercenarios. Sueltan los secretos mucho más rápido que el soldado promedio. Solo hay que saber cómo sacarles la información.

Cornelius no dudaba de la efectividad de los métodos de tortura romanos. Cuando se trataba de lidiar con el enemigo no había reglas, excepto una: proteger los intereses de Roma.

La tortura romana más famosa era, por supuesto, la crucifixión. Pero no era la única. La crucifixión era una manera de exhibir en humillación al enemigo, al traidor, al rebelde. Servía para que aquellos que se oponían al Imperio supieran que Roma se tomaba en serio la paz.

Pero si lo que se necesitaba no era exhibir al enemigo sino extraer información, habían perfeccionado los métodos para lograr el objetivo. El cuerpo humano, después de todo, es fascinante. Y con un poco de creatividad se pueden encontrar los puntos de máximo dolor de maneras que la persona promedio ni siquiera se imaginaría.

Como los mercenarios no trabajaban por los dioses y la patria, sino por dinero, casi nunca se necesitaba presionarlos demasiado para obtener la información que se requería.

—El senador ya sabe que se busca atentar contra su vida. Por lo tanto aceptó lo que le propusimos, excepto que vendrá solo, sin su familia —dijo Aurelio—. Cornelius, estarás a cargo de toda la «Italiana».

—Perfecto.

—No puedo pensar en un mejor candidato para liderar este ataque que el centurión Cornelius —dijo el prefecto mirando a los hombres a su alrededor. Todos asintieron.

—Me honra, prefecto —dijo Cornelius.

—Pues bien. Este es el plan...

Día de Mercurio.[1] Tarde. A unas cuatro *mille passus* —cuatro millas— de la ciudad amurallada de Jerusalén.

—Este sol nos va a rostizar vivos —dijo Servius.

Cornelius levantó la vista buscando alguna nube que surcara el cielo, que les cubriera el sol aunque fuera por algunos momentos. Pero nada. Ni una sola nube.

Traían encima el armamento, que incluía coraza, yelmo, escudo, y espada. No solamente era pesado, sino además caliente.

Cornelius, al igual que la mayoría de su escuadrón, se quitó el yelmo. El sudor le escurría por la frente.

Qué tierra más infernal, pensó Cornelius.

Estaban escondidos detrás de una colina. Del otro lado pasaba el camino que llevaba a Jerusalén de norte a sur. Por allí pasaría la caravana con el senador.

---

1. Miércoles.

Se habían posicionado detrás de una de las muchas colinas en el camino entre Jericó y Jerusalén. Ese camino era uno favorito entre los ladrones y salteadores, porque era bastante transitado por ser la ruta más sencilla entre las dos ciudades. Además, las muchas colinas hacían fácil el esconderse.

Tenía que ser así. El senador había llegado con bien a Jericó y venía en camino hacia Jerusalén, hacia ellos.

Prepararon cuatro escuadrones de diez soldados de élite cada uno. Se posicionaron estratégicamente, dos de un lado del camino y dos del otro. No estaban muy cerca el uno del otro, pero sí escucharían el sonido de la corneta en caso de que uno de los escuadrones se encontrara con Barrabás y sus secuaces.

El plan era sencillo.

Por medio de la información recopilada del prisionero, y confirmada por dos espías de manera independiente, sabían que Barrabás atacaría no lejos de Jerusalén. No sabían exactamente dónde, solo que sería por ese camino. Los cuatro escuadrones se moverían junto con la caravana de manera sigilosa, y cuando Barrabás atacara, sonarían la trompeta y atacarían todos.

El detalle más importante era no ser vistos. Por eso escogieron varios lugares en donde se esconderían mientras avanzaban.

Era un buen plan.

Cornelius sentía ligeras punzadas en la herida de su cadera. Nada que lo preocupara demasiado. Además, a la hora del combate, cuando la sangre se subía a la cabeza, los dolores del cuerpo desaparecían.

Cuando sabes que cualquier momento podría ser el último de tu vida, desaparece el dolor, pensó.

Por supuesto que tenía la esperanza de que Tiberius estuviera entre los atacantes, lo que le daría otra oportunidad de capturarlo. Pero en verdad lo dudaba mucho. De acuerdo a Servius, las heridas de los dardos lo dejarían en cama varios días.

Pero tener esperanza no cuesta sal.

—Iré a ver qué dice el vigía —dijo Servius. Se retiró.

Cornelius miró a la tropa a su alrededor. Eran lo mejor de lo mejor. Las primicias de la élite romana.

Cerca de él estaba un soldado de ojos azules, con la piel curtida por el sol. Era un soldado fornido, rudo, listo para dar su vida en cualquier momento. Su nombre era Aulus, era uno de los que había atacado junto con él la guarida de Tiberius.

El soldado, al igual que el resto de la tropa, iba bien armado. El yelmo cubriría su cráneo, frente, cuello y orejas, con el resto de la cara descubierta para ubicarse bien en el combate. Sobre el pecho llevaba la *lorica segmentata,* que era una coraza de hierro hecha de varias láminas sujetadas bien al cuerpo, con hombreras de metal. Debajo llevaba una túnica roja que le cubría hasta las rodillas. Además de la espada envainada en el cinto, todos llevaban una lanza que usarían principalmente para atacar estando encima del caballo. En la otra mano, un escudo. Optaron no por el escudo grande rectangular del combate cuerpo a cuerpo, sino uno redondo más pequeño, más fácil de usar y cargar, el cual podían llevar también a la espalda. En los pies llevaban unas botas de cuero amarradas con cintas de cuero también, que llegaban por encima del tobillo. Eran como unas sandalias todoterreno.

Aulus, el soldado, miró a Cornelius, asintió con la cabeza y dijo:

—Un gusto combatir de nuevo con usted, mi centurión.

—El gusto es mío, Aulus.

El soldado no pudo evitar sonreír al escuchar su nombre. Otros soldados, al escuchar que el centurión había llamado por nombre a su compañero, miraron al centurión con admiración.

Cornelius lo hizo adrede. Quería que sus soldados supieran que para él no eran un pedazo de carne. Se habían convertido en sus hermanos desde ese momento. Cabalgarían juntos, lucharían juntos, matarían juntos y, de ser necesario, morirían juntos.

Habían desmontado por unos momentos, con los caballos cerca de ellos, esperando a que la caravana del senador se acercara. Cuando lo hiciera, avanzarían montados sobre los caballos, a una distancia segura de la caravana que custodiaban, haciendo lo posible por pasar inadvertidos, escondidos tras los matorrales y los pequeños montes que abundaban en la zona.

Por ahora no había más que esperar. En realidad, gran parte de la guerra era esperar. Los combates duraban tan solo una fracción de tiempo en comparación con el tiempo que se pasa en el campamento, planear la guerra, esperar que el enemigo se moviera, o simplemente viajar de un lugar a otro por días y días.

Y de repente, cuando comenzaba el combate, el tiempo dejaba de existir y comenzaba el puro instinto de supervivencia animal. Matar o morir. Aquellos que eran soldados, verdaderamente soldados, vivían para esos momentos de adrenalina pura. Todo lo demás era una excusa para vivir esos minutos en donde se jugaban la vida.

Una solitaria nube pasó frente al sol, y Cornelius le dio gracias a los dioses por tener misericordia de ellos, aunque fuera por unos momentos.

—Mi centurión —dijo Aulus con cierta vacilación—, si no es indiscreción, y si no le ofende la pregunta... —dudó—, ¿cómo fue luchar con... con el general Germánicus?

Los demás soldados, al escuchar la pregunta, no pudieron evitar mirar al centurión de soslayo, esperando que respondiera.

Cornelius sonrió. Por un momento se trasladó a la presencia del general. Pudo escuchar su voz tan claro como el suave bufar de los caballos cerca. Incluso pudo oler la presencia del general, un aroma a sudor, a cuero, a valentía, a coraje. Difícil de explicar.

Extrañaba al general. Extrañaba sus consejos. Además de su esposa, Germánicus había sido la única persona que se atrevía a decirle las cosas de frente, sin importar si lo que dijera heriría sus sentimientos.

«Somos soldados —decía Germánicus—. Herir es lo que hacemos. Herir, y aprender a ser heridos».

Cornelius miró a Aulus.

—Incluso en sus últimas campañas, al general le gustaba luchar. Se acercaba peligrosamente al campo de batalla, poniéndonos nerviosos a todos. No le gustaba que le dijeran cómo iba el combate. Quería verlo con sus propios ojos. Quería ver los movimientos del enemigo en el campo de batalla y reaccionar inmediatamente a ellos. Mandaba a un mensajero, o daba la orden a través del sonido de la trompeta.

El centurión tomó del suelo una ramita seca, jugó con ella unos segundos, y continuó:

—La última vez que luchamos juntos nos vimos rodeados repentinamente por cinco bárbaros. Nos habíamos alejado sin querer de donde el combate estaba más fuerte, y cuando nos disponíamos a regresar, nos emboscaron. Pensé que era nuestro fin. Estábamos solos. Si levantábamos las manos, probablemente no nos matarían. Traíamos la insignia de oficiales, y probablemente nos capturarían para sacarnos información. Quizás nos matarían, o quizás pedirían rescate por nosotros. Pero por lo menos viviríamos un día más. Lamento decir que me pasó por la mente tirar la espada. En lugar de eso, el general se golpeó el pecho y gritó a voz en cuello: «¡Qué buen día para morir!».

Los soldados que escuchaban la historia, quienes se habían ya acercado sigilosamente para escuchar bien, se rieron.

—Por misericordia de Mars salimos de esa vivos. Aquel día aprendí lo que es ser un verdadero soldado romano —dijo Cornelius—. En el momento en que luches pensando *hoy es un buen día para morir,* guerrearás como nunca lo has hecho, como si ya estuvieras muerto.

Los soldados asintieron.

—Es un privilegio guerrear con usted, mi centurión —dijo uno de los soldados.

—Así es —hicieron eco algunos otros.

—El privilegio es mío —respondió Cornelius.

Se escucharon los pasos de alguien que se apresuraba hacia ellos.

Era Servius.

—Están atacando —dijo, y casi al mismo tiempo sonó la trompeta que indicaba que uno de los escuadrones estaba bajo ataque.

30

Todo lo que podía oír, además del pulsar de su corazón que retumbaba dentro de su yelmo, era el *tracatat tracatat* de su caballo y de los que galopaban a sus espaldas, a toda velocidad, siguiéndolo.

Aunque eran pocos, el ruido era ensordecedor.

Distinguió de nuevo el sonido de la trompeta que pedía ayuda, y años de práctica le dijeron que el combate estaría apenas pasando la loma que subía.

Al llegar a la cima, ni siquiera se detuvo para contemplar la situación. Solo necesitó de un par de segundos mientras cabalgaba para saber exactamente lo que pasaba.

Los habían tomado por sorpresa. Un romano yacía en el suelo, con una lanza clavada en el pecho. Los otros nueve estaban en combate contra los zelotes, que estaban bastante bien armados, con una coraza que les cubría el pecho y nada sobre la cabeza. Andaban sobre caballo, y eran unos catorce o quince.

Son muy pocos, pensó con rapidez.

Eso no era bueno. Esperaban que el ataque enemigo fuera de unas treinta personas. Por lo tanto, eso quería decir una de dos cosas: o estaban por ser atacados por el resto de la tropa enemiga, y se verían completamente abrumados por una superioridad numérica, o todo esto era simplemente un engaño.

A Cornelius le olía más a engaño. Lo podía sentir en las tripas.

Al rescate venían ellos e, indudablemente en camino, el tercer escuadrón. El cuarto no vendría porque tenía instrucciones estrictas de no alejarse de la caravana que custodiaban.

Tracatat tracatat tracatac.

Polvo. Sudor. Calor. Fragor.

Al acercarse al enemigo, Cornelius ajustó la lanza, cabalgó hacia el que parecía ser el cabecilla por la manera en que gritaba órdenes, agitó las riendas, el caballo aceleró a su máxima velocidad, con la cabeza inclinada hacia el frente y las orejas echadas atrás, y el centurión gritó lo más fuerte que pudo:

—*¡Por Roma y por el emperador!*

El cabecilla de la tropa enemiga miró a sus espaldas demasiado tarde. No se había percatado del ataque hasta que tenía a Cornelius a dos latidos de corazón de distancia. Intentó mover el caballo para estar en posición de repeler el ataque, pero demasiado tarde.

Cornelius pudo ver cómo los ojos de su enemigo se abrieron espantados justo antes de que le incrustara la lanza ligeramente por debajo de la garganta. La lanza se quebró y el enemigo cayó al suelo, casi decapitado.

El dolor de sus heridas quería regresar y distraerlo. No lo permitiría.

Cornelius sacó su espada y buscó un nuevo objetivo. Lo halló casi inmediatamente. Estrelló la espada contra su contrincante, quien era apenas un muchacho que no sabía pelear bien. Sus golpes eran débiles. Se deshizo de él hiriéndolo primero en la pierna, y después con un golpe diagonal que le abrió la cara.

—¡Retirada...! —gritó uno de los zelotes.

Inmediatamente emprendieron la retirada.

Servius, que estaba cerca, le preguntó:

—¿Los seguimos, mi señor?

Algunos romanos ya emprendían la persecución.

—¡No! —rugió Cornelius—. ¡Todos a mí! ¡Todos a mí!

Los soldados se acercaron, algunos con cara de interrogación. Querían deshacerse de cada uno de ellos. Tenían sed de sangre.

—Esto es una trampa —dijo Cornelius—. Quieren que los sigamos, quieren alejarnos—. No estaba seguro, pero había aprendido a seguir algunos de sus instintos. No todos, pero este era fuerte. Dijo—: Vamos a la caravana, ¡a todo galope!

Emprendieron la marcha rumbo a donde esperaban encontrarse con la caravana. Cornelius sabía que si estaba equivocado, el sonido de todos ellos acercándose alertaría a los zelotes, los cuales no atacarían y todo se arruinaría.

No importaba. Esta parecía ser una táctica que él mismo había usado antes. Causar una pequeña escaramuza, huir para alejar al enemigo, y luego atacar el verdadero objetivo, que en este caso era la caravana.

Cuando escuchó el sonido de la trompeta pidiendo ayuda supo que estaba en lo correcto. Los zelotes atacaban la caravana, y si el tercer escuadrón había salido a ayudarlos a ellos en la escaramuza, entonces solo quedaba un escuadrón para defender al senador.

Maldijo entre dientes y apretó el paso.

Todo lo que podía ver eran colinas y más colinas desiertas. La trompeta seguía pidiendo ayuda. Finalmente llegaron al camino que llevaba de Jericó a Jerusalén, el camino por el que iría el senador y los demás. Por un momento, Cornelius pensó que cuando finalmente arribaran, solo encontrarían un montón de cuerpos muertos.

La vereda se desviaba hacia la derecha, y repentinamente se abrió el camino y pudieron verlo todo:

La caravana, detenida. Unos cuantos soldados romanos alrededor de ella (rodeaban el carro del senador y lo defendían, con escudos y espadas listas), y un ataque por todos lados. Una emboscada perfecta.

No eran 30. Parecían ser unos 50. Algunos bajaban a caballo, otros a pie.

Cornelius gritó, el grito de guerra, un grito bestial, un grito que lo dejaría ronco el resto de la semana si lograba salir con vida. Sus hombres gritaron, rugieron, tan fuerte que el enemigo hizo una leve pausa para verlos.

Que sientan el miedo de los dioses, pensó. *Que sientan el miedo del filo de la espada romana.*

—*¡Romaaa!* —gritó el centurión.

—*¡Romaaa!* —gritaron sus hombres.

Siempre le había parecido sorprendente lo que sucedía en los momentos más intensos de la guerra. Algunos sonidos desaparecían, como si fueran succionados por un torbellino, mientras que otros, como la flecha que le pasó zumbando la oreja, se acrecentaban. Podía escuchar el fuerte galopar de su caballo, casi como si fuera él mismo quien galopaba, como si las cuatro patas fueran de él, como si pudiera sentir el impacto de la herradura con la tierra. Podía escuchar el latir de su corazón, pero no en su pecho, sino en las sienes, un tamborilear que, al juntarse con el estruendo del galope, los gritos a su alrededor, y el pronto chocar de metal contra metal, producía en su cuerpo una música compleja, una polifonía ancestral que lo conectaba con el aquí y el ahora, con la realidad de su propia mortalidad, con el deseo brutal de matar a sus enemigos, y aunque no lo quisiera reconocer por completo, el instinto animal de supervivencia.

El enemigo lanzó un grito de guerra. Era su turno. No se dejarían intimidar. Además, era evidente para todos que ellos tenían la ventaja numérica, además de la ventaja de posición. Era más fácil atacar desde una colina hacia abajo que al revés.

Aunque eran menos, pronto el escuadrón faltante se uniría a ellos, y entonces estarían un poco más parejos, aunque todavía serían menos. Sin embargo, lo que les faltaba en número lo excedían en entrenamiento y letalidad. Esta no era cualquier tropa. Esta era la «Italiana».

Dos jinetes acometían contra él por el flanco izquierdo, aproximándose a toda velocidad. El centurión agitó las riendas y modificó la trayectoria, acercándose a sus enemigos pero evitando terminar en medio de ellos, porque ahora llevaba la espada en la mano derecha mientras que con la izquierda sujetaba las riendas.

Estaba por llegar a sus enemigos cuando el caballo perdió el equilibrio, una flecha probablemente lo había herido, se inclinó demasiado hacia adelante y finalmente se tropezó. Cornelius, por fortuna, logró lanzarse fuera de la silla antes de quedar prensado bajo el caballo, o con algún hueso triturado.

Cayó fuerte y pesado. Se revolcó varias veces hasta detenerse, sin poder respirar; el golpe le había sacado el aire por completo.

Levántate. Levántate o eres hombre muerto.

Su mente se lo gritaba, pero su cuerpo no reaccionaba. Ni siquiera podía ver bien, solamente polvo, el polvo que había alzado su caída y la de su caballo. Cuando finalmente recuperó sus sentidos, logró levantarse a medias, con una rodilla sobre el suelo.

Allí estaba su caballo, gimiendo de dolor, con una flecha enterrada en el cuello.

Estaba por acomodarse el yelmo cuando sintió el fuerte impacto de un espadazo en su nuca que, por fortuna, estaba protegida por el yelmo.

Cayó de nuevo, de cara a la tierra, y todo se tornó negro. Perdió el conocimiento...

... solo por un momento. La cabeza le iba a explotar. Se quitó el yelmo porque le apretaba demasiado el cráneo, y se levantó. Logró apenas esquivar la estocada del segundo jinete, percatándose de que el primero ya daba la vuelta para arremeter contra él. Rápidamente buscó su espada que había perdido en la primera caída, no la encontró, así que pasó su escudo de la espalda a su brazo izquierdo con un movimiento rápido y bien practicado.

El primer jinete lo atacó con violencia, y el centurión se defendió con el escudo, usando del instinto para saber por dónde caería el espadazo. Los movimientos sutiles del cuerpo de su contrincante eran suficientes para que Cornelius pudiera predecir cada una de las estocadas.

En su vista periférica vio un objeto metálico en el suelo. Su espada. *Los dioses están de mi lado.* Recogió la espada, y cuatro estocadas después el zelote estaba en el suelo dando espasmos. Buscó al segundo, pero este había sido ya atravesado por una lanza romana.

Cornelius corrió hacia la caravana, la cual no estaba lejos y ahora mejor resguardada. Escuchó una trompeta al sureste. Era el escuadrón que faltaba, aproximándose a todo galope.

Los zelotes sabían que tenían poco tiempo si querían deshacerse del senador, así que dejaron sus posiciones en las colinas y con gritos de combate bajaron corriendo para enfrentarse en combate cuerpo a cuerpo.

—¡Vienen diez por el norte! —gritó Cornelius—: ¡Atentos y listos! ¡Posiciones de defensa!

Al ver a las tropas enemigas avanzando hacia ellos, rodeándolos, un pensamiento y uno solo se incrustó en su mente:

Hoy es un buen día para morir.

31

Gemidos de dolor. Zelotes y unos pocos romanos tirados en el suelo, retorcidos en posiciones extrañas, algunos con los ojos abiertos y vacíos, otros sin expresión alguna.

La batalla había terminado finalmente. La «Italiana» logró resguardar exitosamente al senador, y a algunos otros diplomáticos que venían con él.

Fue una buena idea que no viniera su familia, pensó Cornelius. Aunque estarían todos vivos, el evento habría sido traumático, sin duda. Los gritos, los golpes, la muerte.

Pero al final, el ejército romano demostró una vez más que la superioridad numérica no era suficiente para ganar una batalla.

Le dolía el cuerpo por la caída, en especial la cadera del lado izquierdo, encima de la sentadera. Tenía un rasguño en el cuello, probablemente por una flecha, aunque no estaba seguro. El soldado médico le había puesto un parche.

Cuando inspeccionó el campo de batalla, no hizo ningún gesto que denotara dolor alguno. Sus soldados lo miraban con atención, y quería dar el ejemplo de un líder de batalla.

El liderazgo de un centurión romano se ejercía en todo momento: antes de la batalla, durante, y después. Era inevitable, la compañía iba adquiriendo el carácter de su centurión. Si era temerario, la compañía también. Si era sabio, lo mismo sus soldados.

Por eso, Cornelius tenía en claro que nunca dejaba de ser el centurión.

Servius se acercó con una enorme sonrisa en el rostro. Tenía la cabeza vendada con un manchón rojo encima del ojo izquierdo.

—Tengo el recuento final.

Cornelius estaba de pie junto a la puerta del carruaje del senador, resguardándolo todavía. El senador asomó la cabeza al escuchar la voz del *optio*.

—Adelante —dijo Cornelius.

—Siete bajas nuestras, de los cuarenta. Doce heridos, uno grave. Creemos que el enemigo tenía un total de unos cincuenta hombres. Matamos veintisiete. Capturamos a once, seis de ellos heridos, tres graves. El resto logró huir.

—Excelente trabajo, centurión —dijo el senador—. Ha puesto a Roma en alto una vez más. Puede estar seguro de que el emperador sabrá de las acciones heroicas de hoy. Ya había escuchado de usted, y ahora veo que las leyendas son verdad.

Francamente, a Cornelius no le importaba mucho la opinión del senador.

—Hemos hecho lo que estamos entrenados para hacer, señor —respondió a secas. Luego, para guardar toda ceremonia, agregó—: Muchas gracias por sus palabras, y gracias por venir a representar nuestro gran Imperio en esta tierra desolada.

Servius se veía impaciente.

—Tú quieres agregar algo —le dijo.

La sonrisa de Servius se hizo todavía más grande. Dijo:

—Lo tenemos.

—¿A quién? —dijeron Cornelius y el senador al mismo tiempo.

—¿Tiberius? —agregó Cornelius.

—No. A Barrabás. Lo capturamos en plena huida. Pero lo tenemos.

—Tráemelo.

Poco tiempo después, trajeron al líder de la secta, amarrado de las manos y custodiado por dos soldados grandes.

De cierta manera no era lo que esperaba, pero por otro lado, no estaba demasiado sorprendido. Era más joven de lo que había imaginado, poco menos de treinta años. De estatura mediana, tez curtida por el sol, cabello café, rizado. No era musculoso. No parecía un guerrero. Pero miraba a Cornelius con ojos desafiantes.

—¿Quién aquí sabe arameo? —preguntó Cornelius, y un soldado se ofreció como traductor.

—Quedas arrestado por la autoridad el emperador, que viva para siempre. —El cautivo no contestó. Cornelius prosiguió—: Se te acusa de sedición y asesinato. Ambos altos crímenes a los ojos de la ley romana, por lo cual serás encerrado hasta tener un juicio de acuerdo con nuestra ley.

Barrabás habló. Su voz era clara, bien articulada, como de una persona acostumbrada a que acataran sus órdenes.

—Solo hay una ley que sigo, solo hay una ley que me juzga: la ley de HaShem el Omnipotente. Es el Omnipotente quien te juzgará a ti, y serás encontrado culpable de atreverte a poner en cautiverio al pueblo escogido de HaShem.

El senador lanzó una carcajada:

—Debía haberlo sabido. Un loco religioso. Todos aquí son unos fanáticos. Llévenselo de mi presencia, me cansa solo el verlo.

Barrabás, quien por lo visto entendía algo de latín, escupió y dijo entre dientes en un latin mal pronunciado:

—Te maldigo a ti y a tu emperador. Sus días están contados.

Servius, que estaba cerca, dio un paso y le dio un puñetazo en los labios tan fuerte que la cabeza del líder zelote latigó hacia atrás y hacia adelante, perdió el equilibrio, y habría caído al suelo de no ser porque los soldados que lo custodiaban lo tomaron por los brazos.

—Tus días están contados, estúpido —le dijo Servius.

—Llévenselo —dijo Cornelius, y los soldados obedecieron. Se llevaron a Barrabás, sangrando de la boca.

—Entra aquí —le dijo el senador al centurión.

Cornelius obedeció y entró al carruaje. Además del senador, había otras dos personas adentro. Uno de ellos, que parecía ser un joven que auxiliaba al senador, estaba pálido, temblando.

—Senador, lo escoltaremos hasta Jerusalén, para asegurarnos de que llegue con bien.

—¿Alguna posibilidad de otro ataque?

—Pudiera ser, pero lo dudamos mucho. Este era su ataque.

El senador se quedó pensativo.

—Confío en usted, centurión. Sabe lo que hace.

—Gracias, mi señor. Lo protegeremos.

—Fue un ataque salvaje. Pudimos escuchar todo desde aquí.

—Así es, mi señor. Pero repelimos el ataque y capturamos a su cabecilla. Pudiera decirse que fue todo un éxito.

—Estoy de acuerdo. Un éxito. Fuimos una buena carnada.

Cornelius asintió.

—Entonces, ya no habrá más ataques, ¿cierto?

—No tiene por qué preocuparse.

Con una reverencia, salió del carruaje y se dirigió hacia su *optio,* que hablaba con otros soldados bajo un árbol que apenas tenía suficientes hojas para darle sombra a un hombre.

Cuando se acercó, todos los saludaron, golpe al pecho.

—¿Te encuentras bien? —le preguntó a Servius.

—Nunca mejor. Los hicimos pedazos. Y además capturamos al líder.

—Recojamos a los nuestros, y larguémonos de aquí. Mientras más rápido lleguemos a Jerusalén, mejor.

—¿Los capturados?

—Si tuviéramos tiempo, los crucificábamos, pero no tenemos el tiempo de nuestro lado. Decapítenlos y vámonos.

32

Cuando finalmente llegaron a la fortaleza, dejó al senador en manos de otros. Sintió tremendo alivio al hacerlo.

Decidió escoltar al prisionero hasta el calabozo. Se sentía exhausto, y todo lo que quería era tirarse en la cama.

Pero el deber primero.

El calabozo se encontraba en el interior de la fortaleza Antonia. Era un lugar húmedo que apestaba a excremento de ratas y humano, mezclado con el olor a sudor, en donde se escuchaban los gemidos de los moribundos y hambrientos.

Pusieron a Barrabás en una de las últimas celdas, aquellas reservadas para los peores criminales. En este caso, se trataba de un homicida acusado de sedición.

—Átenlo bien con cadenas —ordenó a los soldados, los cuales obedecieron. Barrabás no se resistió. Cuando estaba bien encadenado, Cornelius pidió que le trajeran un banquillo, y se sentó a unos pasos del prisionero.

Le dolía todo el cuerpo. Al sentarse, pensó que si cerraba los ojos se quedaría dormido allí mismo.

—De acuerdo a la ley romana, se hará un juicio rápido. Si eres encontrado culpable, te crucificaremos lo más rápido que podamos.

Barrabás hizo una mueca que enseñaba los dientes. Cornelius no estaba seguro si era una sonrisa o un gesto desafiante. Era difícil verlo en la oscuridad, iluminado por una antorcha que hacía bailar las sombras a su alrededor, y que parecía desfigurar la cara del zelote.

—Cuando salga de aquí, me encargaré de seguir deshaciéndome de tantos romanos como pueda —dijo, su voz ronca.

—¿Salir de aquí?

—Claro. ¿Crees que es la primera vez que me capturan?

—La primera vez que has estado en este calabozo. No recuerdo haber visto registro de tu ingreso, mucho menos de tu escape. De aquí no te escaparás.

—Centurión, usted es un hombre inteligente. Puedo verlo en sus ojos. Es un hombre educado, ¿cierto?

No le contestó. Barrabás continuó:

—Usted sabe cómo funciona la política. Tarde o temprano, mis seguidores encontrarán algo que ustedes quieren. Y entonces harán un trato. Y yo saldré de nuevo.

—Mejor te vas acostumbrando a las cadenas. Pero no mucho. Pronto colgarás de una cruz.

Barrabás extendió los puños, las cadenas tintineando, y se rio.

—Estas cadenas no pueden detenerme. Soy el salvador del pueblo.

El centurión no pudo evitar recordar aquello que escuchó hace no mucho tiempo junto al mar de Galilea. Lo que la gente decía con respecto al Galileo.

Eres el Hijo de Dios. ¡El Mesías entre nosotros! ¡El salvador entre nosotros! ¡Aleluya al libertador!

Y sin embargo, percibió que el joven rabino reaccionó con tristeza a algunas de esas declaraciones. No necesariamente porque no lo fuera, sino por la manera en que la gente lo percibía: como un revolucionario nada más. ¡Qué contraste con el joven que tenía enfrente!

Hay algo que los caracteriza a todos ustedes —dijo Cornelius—: el orgullo. No eres nada, no eres nadie.

—¿Y usted quién es? ¿El famoso Cornelius? ¿El gran guerrero?

—Esa es la diferencia entre alguien como yo y alguien como tú. Tú buscas la grandeza. Pero a mí, la grandeza no me importa. La grandeza no se busca; ella te encuentra.

Cornelius ya no podía con el cansancio. No tenía intención de debatir con el prisionero. Pronto lo vería de nuevo, probablemente para supervisar su muerte, la cual indudablemente sería especialmente lenta y dolorosa.

Se puso de pie.

—No le den comida. Agua, solo para sobrevivir.

Al llegar a sus aposentos esa noche, le esperaba una comida caliente y dos cartas. La primera era de su esposa. Puesto que ella estaba en Roma, probablemente todavía no recibía la carta que él le había enviado.

Amado:
Es imposible describirte lo mucho que te extraño. Maximilia y Lucía, ni se diga. Preguntan por ti constantemente, y cuándo te veremos de nuevo. Espero que sea pronto. Que nos podamos reunir de nuevo.
Puesto que te conozco bien, te lo digo otra vez: deja de lado la venganza. Los dioses nos vengarán. Confía.
Paz,
Vesta

Pero los dioses nos usan a nosotros, pensó Cornelius mientras cerraba la carta. Se dibujó una sonrisa en sus labios. Su esposa lo conocía demasiado bien. Nada anhelaba más que tener a sus hijas entre sus brazos... escucharlas carcajearse... besar a su esposa.

Pronto, pensó. Su misión de proteger al senador estaba cumplida, y esperaba que pronto lo regresaran a Cesarea. Luego buscaría, encontraría y mataría a Tiberius, y entonces podría mandar traer a su familia. Sí, pronto las cosas regresarían a la normalidad.

Pero... ¿el Galileo?

El Galileo, sí. Esperaba que no causara problemas. ¿Y si se convertía en un revolucionario? Quería volver a escucharlo hablar. Quizás arreglaría con él una junta, una junta secreta, ya que pasara la gran fiesta judía.

Imaginaba que, cuando los judíos se enteraran de la captura de Barrabás, ocurrido en plena fiesta, causaría molestias entre algunos. La ciudad parecía como un volcán humeante, que en cualquier momento podía estallar.

Abrió la otra carta. Era un pergamino pequeño, y la letra tan minúscula que tuvo que acercarse la carta a los ojos.

El Sanedrín planea capturar al Galileo
el día de júpiter. Matías.

Eso era mañana.

—Esto no es bueno —dijo en voz alta—. Nada bueno puede salir de esto.

33

Día de júpiter.[1] Por la mañana.

Poncio Pilato era un hombre duro.

Era un típico político romano, y tenía el semblante de un hombre con poder. La nariz aguileña, los ojos inquisitivos, el mentón partido.

Cornelius había pedido audiencia con el gobernador. Pilato, aunque era el prefecto de Judaea, normalmente pasaba sus días en Cesarea. Pero se encontraba en Jerusalén por cuestión de la fiesta judía.

Los judíos odiaban a Pilato, y en parte Cornelius entendía por qué. Pilato era el típico gobernador romano que quería mantener el orgullo de Roma. Pero los judíos eran testarudos.

Pilato, además de poner en la fortaleza Antonia estandartes militares con la imagen del emperador, construyó un acueducto con el dinero del templo, el cual había obtenido por medio de intimidación y corrupción. Esos episodios casi le costaron la prefectura, y ahora el político romano quería apaciguar a sus súbditos. Lo menos que necesitaba era una revuelta.

---

1. Jueves.

Así que cuando escuchó lo que le dijo Cornelius, el semblante le cambió.

—No puedo permitir eso. Tenemos que evitarlo, de ser posible —dijo el gobernador.

—¿Cómo?

Pilato lo pensó.

—No podemos intervenir. Cualquier intervención de nuestra parte se percibirá como una intromisión en sus asuntos, en especial en sus asuntos religiosos. Ya sabes cómo son con estas cosas.

—Van a querer matarlo.

—¿Al Galileo? ¿Cuándo?

—Intentarán capturarlo hoy por la noche.

—¿Por qué? ¿Qué ha hecho?

—Dijo que es el Hijo de Dios.

—Bueno, por supuesto, lleva tres años diciendo eso. No hay nadie en esta región que no lo sepa. Dicen, además, que hace milagros. Muchos de nosotros hemos querido verlo con nuestros propios ojos —dijo rascándose el mentón—. Pero no vamos a rebajarnos a andar entre el gentío, especialmente para decepcionarnos con un charlatán.

Pilato se quedó en silencio por un momento. Luego agregó:

—¿Lo has visto? ¿Lo has oído hablar?

Cornelius afirmó.

—¿Y qué piensas?

—Nunca... nunca había escuchado a alguien como él.

—Eso no quiere decir que no sea un charlatán. Los impostores se caracterizan por ser buenos con el habla.

—Muy cierto, señor.

—¿Hizo algún milagro?

El centurión vaciló.

—Eh... lo vi expulsar un demonio.

—¡Bah! —dijo Pilato levantando las manos y sacudiéndolas—. Eso lo ves en cualquier esquina de cualquier mercado en cualquier ciudad de todo el Imperio.

Cornelius prefirió no decir nada al respecto. El prefecto Pilato tenía razón, en parte. Los exorcismos eran bastante comunes en toda la tierra, y él mismo había sido testigo en más de una ocasión de hechiceros que sacaban espíritus inmundos de alguna persona.

Sin embargo, Yeshúa de Nazaret era muy diferente a los hechiceros del Imperio. Para empezar, era un rabino, si bien uno no aceptado por las sectas religiosas. Todos los rabinos de Judaea consideraban la hechicería una abominación a Dios, hasta el punto de que los magos y hechiceros se escondían porque los judíos consideraban sus prácticas dignas de la pena de muerte.

Además, el joven rabino judío hablaba diferente a como hablaban los oráculos. Él hablaba directo, con lenguaje entendible, contaba historias, animaba a las personas a ser justas y rectas delante de Dios.

¡El reino de los cielos no es de este mundo! ¡Denle a César lo que es de César, y a Dios lo que es de Dios!, recordó Cornelius. Había sido la respuesta perfecta. La respuesta de un sabio.

—¿Qué vamos a hacer? —murmuró Pilato.

—Permítame sugerirle algo.

———————

Poco tiempo después, Cornelius hablaba con Servius, y lo ponía al tanto de la situación.

—Pilato quiere evitar una trifulca a toda costa —dijo Cornelius. Estaban justo a las afueras del pórtico principal de la fortaleza Antonia. Hacía un calor terrible—. No sabemos dónde estará el Galileo esa noche, pero lo que sí sabemos es de dónde saldrán los que buscan capturarlo.

—De la casa de Caifás —aventuró Servius.

—Exactamente. De ningún otro lugar. Su casa es grande, y además, tiene el calabozo abajo.

—Allí pondrán al Nazareno si lo capturan.

—No tengo ni la menor duda de que eso harán. Y si pudieran, lo matarían. Pero no creo que lo hagan. Ellos no. Pilato autorizó que, si lo piden, les dará unos cinco o seis soldados.

—¿Sí?

—Sí. De esa manera, los judíos tendrán un poco más de cuidado con la situación. No les quitarán la vida a soldados romanos.

—Saben bien que no pueden quitarle la vida a nadie sin nuestra autorización. Los fariseos y saduceos odian a Pilato, pero tienen un pavor a morir crucificados. No se arriesgarán.

Servius miró hacia el imponente templo, que se veía allí, cerca de donde estaban.

—Esos religiosos le tienen más miedo a Roma que a su propio Dios.

—Algunos sí, otros no —respondió Cornelius. Luego continuó—: El plan es este: te infiltrarás, de ser posible, entre ellos. Si no puedes, los sigues de lejos. Entérate de todo lo que puedas. Tú serás mis ojos y oídos. Si hay soldados romanos, no les diremos que vas infiltrado. Quiero que todo lo hagas encubierto.

—Muy bien. ¿Pero irán con soldados? Se me hace un poco exagerado. Después de todo, es un joven rabino, y sus discípulos son pescadores.

—No lo sé, mi estimado Servius —dijo Cornelius pensativo—. Al Galileo le tienen miedo.

Una noche inusualmente oscura. El cielo estaba nublado, así que no iluminaba la luna.

Para Servius —que se había envuelto en un manto color marrón oscuro, puesto que la noche era fría— la oscuridad le venía bastante bien.

La casa de Caifás, el sumo sacerdote, estaba sobre una colina, no muy lejos del templo, como a unos seis estadios de distancia.[2] En comparación con la mayoría de las casas en Jerusalén, la de Caifás era gigantesca. Este era un hombre rico y poderoso.

Mientras se acercaba, Servius escuchó el murmullo de gente reunida. Avanzó un poco más. En el patio de la casa, que era bastante grande, había un fuego de buen tamaño encendido en una esquina, y una multitud de gente congregada por todo el patio. Debía haber unas 100 personas.

Debido al frío, todos iban cubiertos en mantos, así que no fue nada difícil infiltrarse. Solo se aseguró de que la capucha le cubriera bien el rostro, y se mantuvo a distancia segura de cualquier persona para evitar interacción alguna.

Veía diferentes tipos de personas. A los fariseos y saduceos era fácil identificarlos, porque incluso sus vestiduras eran conforme a la costumbre religiosa, con la filacteria, esa pequeña cajita negra, orgullosamente visible en la frente, y la correa que bajaba por el cuello y se amarraba en el brazo izquierdo. También llevaban el talit —el chal

---

2. Aprox. 1 kilómetro.

de oración—, con el que algunos se cubrían la cabeza, o lo llevaban alrededor del cuello.

Había también soldados del templo. Estos no eran soldados romanos, sino que eran guardianes que servían a disposición del Sanedrín judío. Ellos tenían autoridad para arrestar, pero no para ejecutar. Hizo una nota mental de mantenerse alejado de ellos. Estos guardianes tenían un olfato especial para identificar a no judíos.

Efectivamente, el Sanedrín solicitó algunos soldados romanos, y Pilato les mandó cinco, como apoyo si era necesario, que esperaban a un tiro de piedra de allí, en la oscuridad. No querían estar cerca, ni los judíos los querían cerca de ellos.

El resto de las personas, adivinaba Servius, eran discípulos de los fariseos. Estos eran laicos que seguían las tradiciones fariseas al pie de la letra. Como ellos había muchos en toda la región de Judaea.

No podía ver a los miembros del Sanedrín. Indudablemente estaban dentro de la casa.

Un trío de hombres, discípulos de los fariseos, entablaban una conversación animada a unos pasos de él. Estaban lejos del fuego, así que Servius se acercó pues el riesgo de que lo reconocieran era menor.

—... y dijo que lo entregaría, por treinta monedas de plata —estaba diciendo uno.

—¿Uno de ellos? ¿De los discípulos del Nazareno? —preguntó otro.

—Así es —respondió el primero.

—¿Y tú cómo sabes eso, Malco? —dijo el segundo.

—¿Cómo no lo voy a saber? —respondió el primero, llamado Malco.

El tercero echó una risilla:

—Apuesto a que el Nazareno no se esperaba eso. Un traidor entre los suyos.

—Evidencia —dijo el primero con tono de seguridad— de que este hombre no procede de Dios.

Los otros dos afirmaron en voz alta.

Vaya, pensó Servius. *Así que un traidor entregará al rabino.*

—¡Hablando de! —dijo el primero apuntando—. Es él, ese joven, es el traidor.

De dentro de la casa de Caifás salió un corpulento guardia del templo junto con un joven que, aunque llevaba la cabeza cubierta, la fogata cercana le iluminaba el rostro.

Debía ser el traidor. Servius no lo podía creer. Tenía la cara más inocente que uno pudiera imaginar. El tipo de persona que, si lo conocieras un día, pensarías que no mataría ni un mosquito.

Pero algo extraño se notaba en sus ojos. Incluso a lo lejos, parecían estar completamente negros. Como si la pupila se hubiera dilatado en extremo.

—¡Oigan bien! —gritó el guardia—. Por órdenes de Caifás, cada quien tomará el arma que tenga a su disposición. Vamos a seguir a este muchacho —dijo apuntando al traidor con el pulgar—. El que nos diga él, lo vamos a capturar.

Alguien dijo:

—¿Cómo vamos a saber quién es? La noche es oscura.

—Pues, bien —trastabilló el guardia—, lo reconoceremos por... porque... —Miró al joven y le dijo, en voz más baja—: ¿Cómo lo reconoceremos?

El joven dijo, seguro:

—Al que le dé un beso, ese es. Arréstenlo.

—¡Ya oyeron! —rugió el guardia— ¡Vamos!

34

El traidor sabía exactamente dónde estaría Yeshúa el Christós. Los llevó sin vacilar hacia el jardín de Getsemaní.

El jardín se situaba en una colina justo enfrente del monte del templo. Era un lugar hermoso lleno de árboles de olivo. La turba, con antorchas y palos en mano, constaba de unos 70 hombres, pues no todos los que habían estado en el patio de Caifás eran parte del grupo de captura.

Unos 25 de ellos eran guardias del templo, armados con espada en la cintura. ¿Sería que el Nazareno se había hecho de un pequeño ejército? Así parecía. De lo contrario, esta era fuerza extrema.

Los soldados romanos caminaban también con la turba, aunque iban en calidad de supervisión y apoyo, solamente.

Era aproximadamente la segunda vigilia de la noche.[1] La ciudad de Jerusalén dormía. Extrañamente, parecía como si no solo los moradores de Jerusalén, sino también la ciudad entera guardara silencio. No se escuchaban ni siquiera los insectos o animales. Como si el mundo contuviera el aliento.

---

1. Cerca de la medianoche.

Cuando estaban a poco tiempo de llegar, Servius apretó el paso para ver cómo sucedería la captura, pues Cornelius estaría interesado en ello. El simple hecho de la hora hacía que todo oliera a ilegalidad.

Llegaron.

Lo que vio le tomó por sorpresa.

Varios hombres postrados en el suelo, dormidos. Y allí, caminando hacia ellos, venían cuatro hombres que aparentemente habían estado un poco más adentrados en el jardín.

La voz de Yeshúa, clara y sin miedo, como la de alguien que saluda a un amigo, rompió el silencio de la noche:

—¿A quién buscan?

El guardia del templo que lideraba la tropa vaciló. Evidentemente no esperaba que lo recibieran con tanta tranquilidad. Los que estaban en el suelo dormidos comenzaron a despertarse.

—A Yeshúa Nazareno —respondió el guardia. Pero su voz salió temblorosa. ¿Era temor?

El Galileo dio tres pasos al frente. Su rostro se iluminó por las antorchas. A su alrededor, los hombres dormidos, que ahora Servius reconocía que eran sus discípulos, se despertaban e inmediatamente su semblante se tornaba en uno de pánico. Los otros tres discípulos, que venían bajando con Yeshúa, estaban petrificados.

El joven rabino miraba hacia el frente, pero Servius sintió como si lo estuviera mirando a él. Quizás los demás sentían lo mismo, como si los viera a cada uno de ellos individualmente. Con su vista periférica notó el movimiento incómodo de todos a su alrededor.

Entonces sucedió la segunda cosa que Servius no esperaba.

Yeshúa abrió la boca, y hubo un trueno.

Servius sintió como si acabara de recibir una descarga de poder en todo su cuerpo. Algunos se agacharon, y otros cayeron al suelo. Servius no pudo evitar retroceder varios pasos, y se llevó la mano a la cintura, pero no llevaba la espada consigo. Aunque sonó como un trueno, en realidad fueron dos palabras que dijo el Galileo:

—*Yo soy.*

Por todos los dioses, pensó Servius, *este hombre... ¡no es hombre!*

Yeshúa habló de nuevo. Esta vez su voz fue normal:

—Les digo que yo soy. Si me buscan a mí, dejen ir a mis discípulos —dijo señalando a los hombres que se ponían de pie, con los ojos abiertos y desorbitados, y evidentemente listos para salir corriendo.

Entonces el traidor, caminando de manera incómoda, como fuera de lugar, salió de entre la turba, se acercó a Yeshúa mientras decía «Maestro, maestro» con las manos alzadas, como listo para dar un abrazo, y le dio un abrazo incómodo y un beso en la mejilla.

Fue la escena más extraña, perturbadora y absurda que Servius jamás había visto en su vida. Yeshúa le dijo algo al traidor, algo que no pudo oír, y entonces el guardia principal gritó:

—¡Captúrenlo!

Se abalanzaron en contra del rabino y sus discípulos, pero la mayoría de ellos fueron bastante rápidos y salieron huyendo, con algunos pisándoles los talones. A un par lograron atrapar, pero después de forcejear un poco, lograron huir. A uno de ellos, extrañamente, lo tomaron por la ropa —¿o era una sábana?—, pero la dejó en manos de sus captores y huyó desnudo, gritando despavorido.

Se escuchó un alarido. Un hombre gritaba y se agarraba la oreja izquierda. Excepto que ya no tenía oreja, pues uno de los discípulos se la había cortado con una espada corta que blandía y con la que apuntaba a quienes intentaban echarle mano.

—¡Petros! ¡Mete tu espada en la vaina! —dijo Yeshúa, con la voz de un general. Quienes lo tenían sujetado lo soltaron. El rabino caminó hacia el hombre que aullaba (quien Servius reconoció como uno de los que había escuchado en la conversación en el patio de Caifás) y con la palma de la mano le cubrió la herida, e inmediatamente le soltó. El hombre cayó de rodillas y se palpaba la herida. Servius no podía ver bien porque la luz de las antorchas distorsionaba todo a su alrededor, pero se le figuró que la herida ya no estaba.

Pero eso no era posible.

—¿Acaso piensas que no puedo ahora orar a mi Padre, y que él no me daría más de doce legiones de ángeles? ¿Cómo cumpliría entonces la Escritura? —dijo el rabino, quizás a su discípulo, quizás a todos.

Petros aprovechó el momento de perplejidad para salir huyendo.

—¡Déjelo ir! —rugió el guardia principal—. Ya tenemos al Nazareno, por quien veníamos. El que importa es él. Los demás no valen.

Cuatro hombres tomaron a Yeshúa y lo sujetaron fuerte.

Él habló. De nuevo, habló con absoluta claridad. No parecía haber ni un ápice de miedo en su voz, aunque un sudor rojizo le bajaba por la frente.

—Vienen con espadas y palos, como si fuera un ladrón. Me he sentado cada día con ustedes enseñando en el templo, y no me prendieron allí. —Sonrió y agregó—: Pero todo esto sucede para que se cumplan las Escrituras de los profetas.

—¡Cierra la boca, blasfemo! —exclamó uno y le dio una bofetada, fuerte, un golpe seco.

Todos se congelaron por un momento. Pero el rabino no dijo absolutamente nada. Alguien más lo golpeó en el estómago. De nuevo, ni un sonido.

—¡Vamos! El sumo sacerdote nos espera —dijo alguien.

Y comenzaron el viaje de regreso a la casa del sacerdote.

Servius seguía sin creer lo que acababa de presenciar. Pero de algo estaba seguro: ese hombre ya había sido juzgado por ellos, y estas personas querían su sangre. Podía verlo en sus ojos.

35

Día de Venus.[1] Muy de mañana.

Todo sucedía muy rápido.

Demasiado rápido, pensó Cornelius.

Estaban en la fortaleza Antonia. Los líderes religiosos judíos habían traído a Yeshúa cuando salía el sol, para pedir su muerte. Los religiosos lograron reunir una multitud de personas que se encontraba ahora a los pies de la enorme escalinata que conducía a la entrada de la fortaleza. No querían entrar porque eso los contaminaría ritualmente, y no podrían celebrar la Pascua al siguiente día. Así que Pilato los recibió en la entrada de la fortaleza, con el gentío gritándole desde abajo.

Pilato, al ver que le trajeron al prisionero golpeado y ensangrentado, se enfureció, pero prefirió no decir nada. Lo interrogó enfrente de todos y, al no encontrar cosa de qué acusarlo, lo mandó hacia el patio central de la fortaleza. Allí el prefecto de Judaea tuvo una conversación sumamente interesante con Yeshúa, custodiado por varios soldados. Lo que Pilato quería saber era si Yeshúa era

---

1. Viernes.

sedicioso o no, porque de ser así, podría, por lo menos, mandarlo al calabozo.

Pero el rabino no daba evidencia alguna de siquiera querer ser el líder de una rebelión contra Roma.

—Es inofensivo —le dijo Pilato a Cornelius y a Aurelio Balista mientras caminaban del patio hacia la entrada para dirigirse de nuevo a la gente, que desde afuera gritaba para que Pilato apareciera—. Además, les puede sonar extraño, pero mi esposa me mandó decir que no lo ejecutáramos.

Cornelius miró extrañado a Pilato.

—¿Su esposa?

—Sí, aparentemente tuvo un sueño sobre el Nazareno. ¿Lo puedes creer? ¡Un sueño! Esto es una locura.

Cornelius pensó que sí, podía creerlo. Si este era un profeta o algo más, tenía sentido que los dioses, o el Dios judío, no lo quisiera muerto.

Cuando salieron, la multitud comenzó a gritar todavía más fuerte. Había unos 20 soldados resguardando la entrada.

Allí, en primera fila de la turba, estaba el Sanedrín judío.

No todos los miembros. El sumo sacerdote no estaba. Probablemente se consideraba demasiado importante para aparecerse allí. Sin duda se escondía en algún lugar cerca, dando órdenes desde su guarida.

Pilato pidió silencio con la mano. La multitud no enmudeció, pero bajó la voz lo suficiente como para que pudiera hablar.

—Este hombre es inocente —gritó—. No encuentro delito alguno en él.

—Ese hombre dijo ser rey —exclamó un fariseo—. Y nosotros no tenemos rey más que César. Si no lo crucificas, ¡serás acusado de resguardar a un enemigo de Roma!

La multitud enloqueció.

—*¡Crucifícale! ¡Crucifícale! ¡Crucifícale!*

—Pero no ha cometido delito —rugió Pilato—. Les soltaré un reo, como es costumbre. Soltaré a este, el rey de los judíos.

—¡No es nuestro rey!

—¡Que nos suelte a Barrabás!

—¡Sí, queremos a Barrabás!

La multitud se descontroló. Algunos seguían gritando pidiendo la crucifixión del Nazareno, otros exigían que les soltara a Barrabás, la mayoría simplemente gritaba. Pilato intentó de nuevo calmarlos, pero era imposible. Los judíos no paraban de vociferar.

—Si pudieran, nos apedrearían —les dijo Pilato a Cornelius y Aurelio—. Quiero que hagan tres cosas. Primero, Aurelio: azota al Nazareno, y tráemelo ensangrentado. Quizás se compadezcan de él al verlo así. Segundo, Cornelius: trae a Barrabás...

—¿Al asesino, mi señor? —interrumpió Cornelius—. Ese hombre es responsable por la muerte de algunos de mis hombres.

—Es una orden, centurión. Lo soltaremos, y lo capturamos después. Y lo crucificamos luego. Eso es preferible a una revuelta que les cueste la vida a varios romanos más, o que tengamos que arrasar con la ciudad entera.

Cornelius apretó los dientes.

—Una tercera cosa. Tráiganme una vasija con agua.

———————

Este juicio ha sido una burla a la justicia romana, pensó Servius.

Sí, Pilato se había lavado las manos, pero ¿eso qué? ¿Lo convertía en un hombre inocente? Por supuesto que no. Los judíos tenían prohibido matar a un hombre, mucho menos crucificarlo, que era la ejecución característica de los romanos. No, al final, Pilato era responsable por haber dado el permiso para quitarle la vida a un hombre que, bajo cualquier ley romana, sería considerado inocente.

Normalmente, a Servius no le importaría. Pero en este caso era diferente. En toda su vida como soldado, nunca había visto a un prisionero como el Galileo.

Que por cierto, estaba en carne viva. Lo habían azotado, golpeado y abofeteado, y ahora estaba semidesnudo, con la piel abierta y una corona de espinas desgarrándole la frente.

Aurelio, Cornelius y Servius se acercaron al condenado. Cornelius le dijo:

—Muy bien, Nazareno. Deberás llevar tu cruz hasta Gólgota.

Yeshúa los miró. Tenía la cara hinchada, pero todavía se le veían los ojos. Servius apartó la mirada inmediatamente. No podía resistir verlo. Especialmente por lo que había en sus ojos:

Paz. Inocencia. Compasión.

Como cuando llevaban a un cordero para matarlo. Inocencia completa.

El lugar de la Calavera, donde lo crucificarían, no estaba lejos de la fortaleza Antonia, como a unos cuatro estadios.[2] Sin embargo, con un hombre malherido que cargaba una cruz, y con una multitud que lo injuriaba o lo lloraba, el camino era lento y dificultoso.

---

2. Unos 800 metros.

Pero finalmente, bajo la supervisión del *optio centuriae*, lo clavaron y lo alzaron en el madero junto a otros dos ladrones sin importancia.

El tiempo transcurría lento, y todo lo que Servius deseaba era que esto se terminara de una vez. Pero sabía que era más probable que fuera una jornada larga.

Así eran las crucifixiones. Lentas.

Alrededor del mediodía, se acercó al centurión Cornelius para preguntarle algo que después nunca pudo recordar, cuando el cielo comenzó a oscurecerse. A diferencia de la lentitud con la que transcurría el día, el cielo se oscureció lo más rápido que jamás había visto. Como si una tormenta se avecinara sobre ellos sin haber dado ninguna indicación de ello.

—Algo anda mal —dijo Servius mirando el cielo—. Algo anda mal, mi señor.

—Muy mal.

—Mal presagio, mal presagio. Estas nubes no son de lluvia —dijo el *optio*. Miró al crucificado, quien miraba hacia el cielo—. Algún dios está muy enojado— agregó.

Las siguientes tres horas las pasó Servius con el corazón acelerado. Estaba nervioso. Sentía que algo estaba por suceder. No sabía qué, pero tenía la misma premonición que le invadía cuando estaban apunto de caer en una emboscada. Una mezcla de miedo intenso con una sensación de alerta.

En esas tres horas pasaron muchas cosas, pero años después, cuando Servius recordaba lo sucedido (normalmente solo hacía memoria en su mente, porque no le gustaba hablar de los pormenores de lo transcurrido en ese horrible día), no podía recordar prácticamente nada de esas tres horas.

Como si su mente misma hubiera decidido borrar ese tiempo para siempre de su memoria.

Lo único que recordaba eran destellos del Galileo crucificado, los gemidos intermitentes de los dos ladrones, los semblantes de los religiosos llenos de desdén, la madre del crucificado mirando a la cruz, con un joven discípulo abrazándola...

El Galileo habló desde la cruz varias veces, aunque Servius no escuchó todas sus palabras. Pero sí recordaba las últimas, porque estaba al lado de Cornelius cuando sucedió, cerca de la cruz. En ese momento estaba tan oscuro el cielo que, pensaba, sería necesario encender las antorchas. Fue allí cuando el crucificado exclamó:

—Consumado es. —Luego, como una oración—: Padre, en Tus manos encomiendo mi espíritu.

El Nazareno miraba el cielo mientras lo dijo, luego cerró los ojos, expiró fuerte (tan fuerte que tomó a Servius por sorpresa), y su cabeza cayó pesadamente.

Hubo una pausa. Todos contenían el aliento. El mundo parecía haberse detenido por completo, todos como si fueran estatuas de algún palacio.

Servius miró al centurión.

—¿Está muer...?

Luego el terremoto, fuerte, el monte se convirtió en agua, y ondulaba como si fuera un pergamino sacudido por un escribano. Pensó que el juicio por ejecutar a este hombre sería que la tierra se partiría en dos, y descenderían vivos hasta el Hades.

No había de dónde sujetarse. Cayó hacia atrás, primero sobre su sentadera, luego golpeó su cabeza contra el suelo, su casco dando tumbos por allí.

Miró las tres cruces, temiendo que se cayeran, ¡caerían hacia adelante y destrozarían el rostro de los condenados! La cruz de en medio, la del Galileo, extrañamente parecía mantenerse inmóvil, aunque debía ser algún efecto ocular.

El temblor cesó.

Miró a su alrededor. Cornelius estaba a unos cuantos pasos de él, sobre sus rodillas, de frente mirando a la cruz central, y alcanzó a escucharlo decir:

—Verdaderamente este hombre era Hijo de Dios.

Fue justo en ese momento que Servius supo que su vida —y la de su centurión, Cornelius— nunca sería igual. No tenía que ser un profeta para saber que en el futuro miraría a este momento como el punto de no retorno, el momento crucial que terminaría transformándolo a él y a Cornelius en las personas en que se convertirían.

Sí. Estaba seguro.

Ya nada sería igual.

36

Siete años después.
40 d. C.

Tres hombres caminaban por el puerto de la ciudad de Jope. Esta ciudad, en el extremo norte de la tierra de Israel, era famosa porque de allí había zarpado aquel famoso profeta renuente, Jonás.

La gente miraba a estos tres personajes con un semblante algo extrañado, pues dos de ellos, jóvenes, eran judíos, e iban vestidos como criados, con una túnica sencilla, mientras que el tercero era un hombre romano que, aunque vestía como civil, había sido indudablemente un soldado. Cualquiera lo notaría por su caminar firme, la mirada recta, los hombros echados ligeramente hacia atrás y el pecho hacia el frente.

Los tres se detuvieron frente a una barquilla, en donde unos seis hombres trabajaban remendando redes.

Era cerca de la hora sexta,[1] y corría una brisa agradable. El sol estaba parcialmente oculto por unas nubes que surcaban el cielo azul.

---

1. 12 p. m.

El hombre romano dijo:

—*Shalom,* amigos. Venimos buscando a un buen hombre llamado Simón, curtidor.

Uno de los pescadores, indudablemente el cabecilla, lo miró extrañado. Lo pensó un poco, pero decidió que estos tres foráneos eran inofensivos y contestó:

—Simón vive allí —dijo apuntando a una casa cercana, de unos dos pisos de altura.

Dieron las gracias y caminaron hacia la casa. Para llegar a ella subieron por una pequeña calle angosta que doblaba hacia la izquierda, e inmediatamente llegaron al lugar. La casa daba hacia el mar.

Tocaron a la puerta. Se escuchaban voces de niños dentro.

Les abrió un hombre de rostro amable y bien vestido. Para tener una casa de dos pisos, con lo que parecía ser una azotea de buen tamaño, seguramente era porque este hombre tenía dinero.

—Venimos buscando a un hombre llamado Simón, que tiene por sobrenombre Petros —dijo el romano.

—¿Quién lo busca?

—Mi nombre —dijo el romano señalándose con la palma de la mano— es Servius. Estos jóvenes que me acompañan son Aarón y Mendel. Vengo de parte de mi señor, el centurión romano llamado Cornelius.

Se escuchó una voz dentro de la casa.

—Déjalos pasar, hermano Simón. Déjalos pasar, por favor.

Entraron. Inmediatamente Servius reconoció a Simón Petros. Era aquel discípulo que había sacado la espada y le había cortado la oreja a uno de los siervos del sumo sacerdote.

La última vez que lo había visto, tenía los ojos sobre-saltados y el rostro lleno de terror. El hombre que ahora estaba enfrente era muy diferente. El mismo cuerpo fornido, pero unos ojos compasivos y seguros. Tenía una barba bien poblada, con apenas un poco de blanco por la barbilla.

Se sentaron, y unos criados trajeron a la mesa un poco de vino, algo de fruta, un plato con nueces, y carne seca.

El curtidor, dueño de la casa, les pidió que se sintieran cómodos y tomaran lo que les apeteciera. Dos pequeños niños, gemelos, se asomaban tímidos desde la puerta de la cocina.

—Pues bien —dijo Petros—, yo soy aquel que ustedes buscan. ¿Por qué han venido a buscarme?

Servius respiró hondo. Había sido un viaje algo cansador desde Cesarea Marítima. El viaje, por no ser demasiado largo, lo habían hecho a pie, y les tomó desde la madrugada hasta mediodía. Pero finalmente estaban a donde habían sido enviados.

—Venimos de parte de Cornelius el centurión, un hombre justo que teme a HaShem. Este hombre tiene buen testimonio en toda la nación de los judíos, y por medio de una visión recibió instrucciones de un santo ángel, de hacerte ir a su casa para oír tus palabras.

Los ojos de Petros se abrieron grandes. Se quedó en silencio unos momentos, mirándolos a ellos, y después perdido en sus pensamientos con la vista hacia el suelo. Finalmente levantó la mirada.

—Nuestro Dios es grande. Acabo de recibir una visión, justo antes de que ustedes llegaran, advirtiéndome de su llegada.

Servius elevó las manos.

—¡Alabado sea HaShem! ¡Nuestra encomienda ha sido confirmada!

—Los acompañaré. Es la voluntad de Dios —dijo Petros—. Sin embargo, ustedes están cansados. No podemos salir hoy. Pasarán la noche aquí hospedados, y saldremos mañana temprano.

—Me parece sabio —dijo Servius.

Por supuesto, si fuera por él, saldría de inmediato. Pero la realidad era que sí se sentía cansado, y los dos jóvenes que lo habían acompañado probablemente querían descansar las piernas también.

Aunque conservaba mucho de su vigor, ya no era como antes. Esos últimos años los había pasado con la compañía «Italiana», liderada por su señor Cornelius. Por lo tanto, las campañas junto con la «Italiana» los llevaron por diferentes partes del mundo, con todas las misiones cerca de la tierra de Judaea, como en Perea, Decápolis, Tiro y Gaulonitis. Una misión los hizo subir hasta Capadocia, e hicieron un viaje al año a Roma para visitar a familiares y hablar con los generales.

Pero tanto Cornelius como él decidieron que este sería su último año de servicio. Ya era momento de guardar la espada.

Pasaron un buen tiempo con Simón el curtidor, su esposa, los dos gemelos, y Petros, aunque Servius podía notar que tanto el dueño de la casa como Petros estaban algo nerviosos por la presencia de un gentil dentro de su casa. Si los vecinos se enteraban de que se hospedaría allí, avisarían sin duda a los fariseos.

Antes de que se metiera el sol, Simón el curtidor los guio a sus aposentos. En un cuarto pequeño, en el primer piso, dormirían los criados, y en el segundo piso prepararon para él un cuarto suficientemente espacioso, con una cama y un buró en donde había un jarrón de barro con agua fresca.

Servius abrió las ventanas de madera. La vista daba al mar. El sol comenzaba a ocultarse, tiñendo el firmamento de púrpura y naranja.

Servius se arrodilló, como era su costumbre, de la misma manera que había leído del profeta Daniel, quien oraba tres veces al día.

—Soberano Adonai —oró—, eres el Dios que ha tenido misericordia de mí. Desde el día que abandoné mis dioses, no ceso de darte las gracias por lo que has hecho en mi vida y en la de mi señor Cornelius. Gracias te doy por traer a éxito esta encomienda. Haz conmigo lo que bien te parezca.

Mientras se preparaba para dormir, no pudo evitar pensar en lo difícil que había sido comenzar a orar al Dios de los judíos, a quien ahora adoraba como el Dios verdadero.

No sucedió todo de inmediato. Fue un proceso lento.

Después de la crucifixión del Galileo, su vida y la de Cornelius habían quedado marcadas para siempre. Después de lo que experimentaron, no tenían duda de que el Dios judío era el Dios verdadero, ni de que el Nazareno había sido enviado por Él.

Sin embargo, por alguna razón probablemente política, Pilato los despachó a Roma justo el día después de la crucifixión. Regresaron a Judaea dos meses después.

Fue hasta su regreso que se enteraron de que la gente hablaba de la resurrección del Galileo. Sin embargo, puesto que los discípulos estaban bajo persecución, era prácticamente imposible hablar con ellos, pues se movían solamente entre judíos en reuniones clandestinas. Intentaron contactar a algunos de los llamados apóstoles, pero sin éxito.

Eso no los desanimó. Comenzaron a leer las Escrituras hebreas, y poco a poco se fueron convenciendo de su veracidad. Primero Cornelius y su esposa, y finalmente él.

Pero no se habían olvidado del Galileo.

Si alguien les podía explicar al respecto, era Petros. Quizás él, finalmente, les hablaría de la resurrección, cosa que ellos no habían podido verificar, pues los soldados encargados de custodiar la tumba desaparecieron, y los fariseos aseguraban que el cuerpo había sido robado, y que todas las historias de la resurrección no eran más que fabricaciones de los discípulos, quienes se rehusaban a dejar de adorar a Yeshúa.

Pero mañana, finalmente, lo sabrían. Lo podía sentir en lo más profundo de su corazón.

———————

—¡Papá, papá, han llegado!

Cornelius, que estaba sentado frente a su escritorio leyendo las Escrituras hebreas, se sobresaltó, pero no de susto sino de emoción.

A su cuarto de estudio entró Lucía, ya toda una señorita de 17 años, con la sonrisa iluminándole el rostro. Detrás de ella venía Maximilia, 3 años más grande.

—Son ellos, ¿cierto? —preguntó Maximilia—, ¿los que te dijo el ángel que mandaras buscar?

—Me parece que sí, preciosa.

—Debemos avisar a los demás.

—Definitivamente que sí —confirmó Cornelius poniéndose de pie—. Vamos abajo.

Cornelius vivía en una propiedad relativamente grande: su casa, de dos pisos; una casita para los criados; y una casa para huéspedes, de un piso. Cornelius había mandado llamar a sus familiares y amigos cercanos que vivían en Cesarea. No era un grupo muy grande, en total serían cinco familias, pero los invitó con mucha solicitud.

Después de recibir el mensaje del ángel, estaba convencido de que Dios haría algo grande. La aparición del mensajero celestial lo dejó temblando por casi un día entero. Ni siquiera logró dormir bien.

El ángel... ¡lo había llamado por su nombre! Sí, su nombre: *Cornelius*. Eso quería decir que Dios sabía su nombre. Por supuesto que ya desde antes creía en eso. Al convertirse al Dios de los hebreos, el Dios verdadero, había creído que Él era un Dios personal. Pero quizás había sido una creencia intelectual.

Ahora lo sabía sin lugar a dudas.

No podía dejar de pensar en las palabras que escuchó:

—Tus oraciones y tus limosnas han subido para memoria delante de Dios —comenzó a decir el ángel, para después darle instrucciones de mandar traer a Petros.

Verdaderamente, después de su conversión a HaShem, Cornelius procuró ser un hombre de oración, un hombre de justicia, un hombre de misericordia. Por eso, se esmeró por ayudar a los pobres, de la misma manera que Dios había tenido misericordia de un pobre como él.

Al cambiar de los dioses al verdadero Dios, la vida de Cornelius se transformó. Sí, sus amigos se burlaron de él por un tiempo, pero no podían negar que ahora era un hombre alegre.

Su maestro de la Escritura por estos años era Matías, por supuesto. El sacerdote con frecuencia visitaba a Cornelius para hablar y estudiar. Sus conversaciones varias veces habían girado en torno al Nazareno crucificado, pero Matías siempre evitaba el tema. Sabía que los «seguidores del camino», como eran llamados los seguidores de Yeshúa, estaban bajo persecución por el Concilio judío, del cual el sacerdote era parte.

Matías era un saduceo diferente a la mayoría de su secta, porque creía en la Escritura completa, y no solo en los primeros cinco libros como proponían los saduceos. Cornelius bromeaba con él que, si se descuidaba, se convertiría en fariseo.

A diferencia de los fariseos, que se enfocaban mucho en las particularidades de la ley, Matías prefería enfocarse en la importancia de la justicia y la misericordia.

Me falta mucho en esas dos áreas, pensó Cornelius mientras bajaba las escaleras.

Pero lo que más le faltaba, a juicio de Cornelius mismo, era el perdón. Por eso admiraba al Nazareno. Había visto de primera mano cómo antes de morir había perdonado a sus enemigos.

Y el centurión sabía perfectamente bien que no solamente no había perdonado a una persona, sino que tampoco la perdonaría jamás. Una persona que, cuando la capturara, le quitaría la vida.

Y que HaShem se apiade de mi alma por eso.

Su esposa Vesta lo esperaba con una sonrisa al pie de las escaleras.

—¿Ya llegaron? —preguntó Cornelius.

—No. Los vimos a lo lejos. Deberán llegar pronto.

El cambio fue especialmente difícil para su esposa. Ella también había sido una mujer religiosa y devota a los dioses romanos. Además, toda su familia era adoradora de los antiguos dioses y del emperador. Pero el que su familia entera, tanto su esposa como sus hijas, hubieran aceptado a HaShem como el único y verdadero Dios, le decía que esta era la voluntad de Dios para ellos. Era un milagro.

—¿Está todo listo?

—Todo —respondió su esposa.

—¿Nuestros invitados?

—Ya mandé por ellos.

—Bien, bien —dijo algo ansioso.

—Sal a recibir a Servius. Yo me encargo de todo acá.

—Gracias —dijo Cornelius, y salió por la puerta.

Los vio a lo lejos. Tomó su bastón, que tenía poco de comenzar a usar, y salió a recibirlos, caminando apresuradamente, con un montón de cosas en la cabeza, y más nervioso por este encuentro que en las muchas batallas que había librado contra algunos de los enemigos más feroces del Imperio romano.

No fue difícil saber quién era Petros. Cornelius no recordaba si lo había visto antes, pensaba que no. Sin embargo, era el hombre que caminaba con más seguridad. Sus años de experiencia en batalla le ayudaban a identificar quién estaba a cargo. En total eran seis personas que venían, Servius, Aharón, Mendel, Petros y otros dos hombres.

Cuando estuvo delante de Petros, por instinto Cornelius se postró en tierra y dijo:

—Alabado sea el Rey del universo, que me permite recibir en mi hogar a uno de Sus mensajeros.

—No, amigo, levántate. —Petros le ayudó a ponerse de pie. Sí, un judío lo estaba tocando. De acuerdo a los fariseos, eso convertía a Petros en un hombre impuro. Pero a Petros no le importó—. Levántate. Yo soy un hombre, igual que tú.

Recordó cómo a los fariseos y escribas les gustaba que la gente se inclinara ante ellos y les besara las manos. Pero este hombre vestía con sencillez y no aceptaba venia alguna.

—Les doy la bienvenida a nuestra morada —dijo Cornelius.

—Te doy las gracias por eso —dijo Petros. Señaló a los dos hombres que venían con él—: Conmigo vienen dos hermanos: Simón curtidor, y Silvano. Mi nombre es Petros, soy apóstol de Yeshúa de Nazaret.

Cornelius condujo a sus invitados hacia la casa.

Cuando entraron, Petros dijo:

—La paz sea en esta casa.

Se sentaron en una estancia grande, en donde varios sillones estaban listos para sentar a los tres invitados judíos, además de aquellos que el centurión había invitado para esta ocasión particular.

No mucho tiempo después entró por la puerta Matías el sacerdote, con mirada visiblemente atribulada, además de algunos familiares de Cornelius y otros amigos cercanos. En total los invitados, incluyendo los niños, eran 18.

Después que todos se saludaron, un silencio incómodo se apoderó de todos. Miraron a Petros.

El apóstol se puso de pie.

37

Petros fue directo al grano:

—Ustedes saben que para un hombre judío es abominable juntarse, o si quiera acercarse a un extranjero.

Matías se movió incómodo. No parecía estar contento con lo que escuchaba.

—Pero —continúo Petros—, Dios me ha mostrado que no llame común o inmundo a ningún hombre. Es por eso que vine sin replicar. Pero quiero preguntarles: ¿cuál es la razón por la que me hicieron venir?

Cornelius se puso en pie y relató la visión del ángel, cómo lo había llamado por nombre, le aseguró que Dios había oído sus oraciones y visto sus limosnas, y le mandó buscar específicamente a un tal Simón Petros, que moraba en Jope en casa de un Simón, curtidor.

—Entonces envié por ti —continuó Cornelius—. Has hecho bien en venir, estimado varón. Estamos ahora en presencia de Dios, para escuchar lo que sabemos que Dios te ha mandado.

—¿Son todos aquí temerosos de Dios? —preguntó Petros.

—Nosotros adoramos ahora al Dios verdadero, el Dios de las Escrituras hebreas —dijo Cornelius.

Petros afirmó con la cabeza.

—Ahora comprendo que Dios no hace acepción de personas —dijo el apóstol—. Y en toda nación se agrada de aquellos que le temen y hacen justicia. Escuchen ahora la Palabra del Señor:

»Dios envió un mensaje a los hijos de Israel, al anunciar las buenas nuevas de la paz por medio de Yeshúa el Mesías, quien es el soberano sobre todos. Ustedes saben bien lo que se habló por toda la provincia de Judaea, desde Galilea, después del bautismo que predicó Juan.

Por la siguiente hora, el apóstol Petros con denuedo les contó a todos la historia de Yeshúa de Nazaret. Desde cómo lo había conocido, los milagros de los cuales fue testigo, y las buenas nuevas de salvación que Yeshúa predicó.

—La Escritura profetizaba que el Mesías moriría por Su pueblo —dijo Petros—. Nosotros al principio no lo entendíamos. Pero ahora lo sabemos con toda certeza: Yeshúa es el Cordero de Dios que quita el pecado del mundo.

Cornelius miró a su alrededor. Todos tenían la mirada fija en el apóstol. Jamás había escuchado a alguien hablar de esa manera, con la única excepción del Galileo, hace años. Sentía como si su corazón estuviera en fuego. Sin embargo, notó que el sacerdote Matías ya no estaba. Al parecer, se salió en algún momento de la exposición sin que él se percatara de ello.

Petros levantó las dos manos y exclamó:

—¡Es verdad! ¡Yo negué a mi Maestro! ¡Y lo hice *tres veces*! Pero he sido perdonado por mi Salvador. Sí: ¡perdonado! También es indudable: Yeshúa fue puesto en un madero y crucificado injustamente. ¡Pero Dios lo resucitó de los muertos! Nosotros hemos sido testigos. Vimos a Yeshúa el Christós resucitado. Hablamos con Él. Comimos con Él. Y recibimos el mandato de predicar las buenas nuevas de salvación a toda la humanidad.

—Yo lo vi —exclamó Silvano—. ¡Testifico!

—¡Yo también! —dijo Simón el curtidor, con lágrimas bajando por sus mejillas—. ¡Testifico!

Creo, pensó Cornelius, con el corazón palpitando con fuerza. El cuerpo le temblaba. Las lágrimas habían brotado de sus ojos. Quería arrodillarse, quería gritar, quería danzar, quería dar gracias, quería saltar y abrazar al apóstol. *¡Creo!,* gritó en su mente.

—Todos los profetas dan testimonio de Yeshúa —dijo Petros con voz fuerte. Entonces su voz llenó el lugar entero y dijo—: La Escritura es clara: todos los que creen en Él, recibirán perdón de pecados por medio de Su nombre.

Cornelius se puso de pie y empezó a orar a Dios en voz alta, dándole gracias por la salvación en Yeshúa el Christós. A su alrededor algunos se postraron en tierra, otros se arrodillaron con las manos alzadas, y algunos más estaban de pie con las manos en alto, mirando en dirección al cielo, dando gracias.

—¿No son estos hombres romanos? —dijo Silvano atónito—. ¡Hablan arameo como si fuera su primer idioma!

—Creo que oigo algo de egipcio... y la lengua de los capadocios... —agregó Petros.

—Hablan en diversas lenguas... igual que en Pentecostés —terció Simón el curtidor.

—El Espíritu ha descendido sobre ellos al igual que nosotros. ¡La salvación es también para los gentiles! —dijo Petros maravillado.

Cornelius podía escucharse a sí mismo hablando en otro idioma. Sabía que era uno de los dialectos de la región de galacia, porque lo había escuchado antes. Pero lo hablaba y entendía perfectamente lo que decía, aunque era un lenguaje que, antes de hoy, no sabía hablar. *Esto es un milagro*, pensó. Aquella vez que Yeshúa expulsó un demonio, también había sido un milagro. Pero dudó de ello en su momento. Ahora no tenía duda alguna de que Yeshúa era quien había dicho ser: el Mesías prometido en la Escritura, el Hijo de Dios, el Salvador del mundo.

La salvación había encontrado también a su esposa y a sus hijas, porque ellas de la misma manera adoraban a Dios en otro lenguaje. El mensaje de Petros impactó a todos los oyentes... excepto a Matías.

Con el semblante radiante, Petros dijo:

—Queridos hermanos: evidentemente a Dios le ha placido salvarlos a ustedes también, aunque no sean del pueblo judío. —Se dirigió a sus dos compañeros—: ¿Hay algo que impida que sean bautizados?

—Nada —dijo Silvano.

—Pues bien —respondió Petros—, ¿qué esperamos?

———————

—¿Seguro que no quieres acompañarnos? —le preguntó su esposa.

—Sí quiero —dijo Cornelius, sentado en su escritorio con un pergamino y tintero enfrente y pluma en mano—, pero tendré que decir que no. Hay algunos asuntos importantes que no pueden esperar más.

Habían pasado dos meses desde el encuentro con Petros y la venida del Espíritu Santo sobre ellos. Dos meses de mucho crecimiento. Petros permaneció una semana en su casa, enseñándoles sobre Yeshúa el Christós. Cuando partió, decidió que se quedara Silvano para seguir la instrucción.

Silvano había regresado a Jope apenas dos días antes, para dar un informe a los hermanos de la situación con los nuevos hermanos romanos en Cesarea.

—Que vaya Servius con ustedes —le dijo a su esposa—, y algunos de los siervos.

—Muy bien.

Cornelius miró a su alrededor, buscando algo.

—¿Dónde dejé mi báculo?

—Lo vi abajo, junto a la puerta de entrada.

—Terminaré de escribir esta carta y los alcanzo.

Vesta sonrió. Ella sabía que la carta era para Petros, y por lo tanto importante. Salió del cuarto a buscar a sus hijas, pues irían un rato al mar antes de que el sol cayera.

Una hora pasó rápido. Encendió una lámpara, pues comenzaba a oscurecer.

Hace mucho que no escribía una carta tan larga. Pero era fundamental que el apóstol supiera que desde su partida, más personas habían recibido al Espíritu. Estas personas comenzaban a reunirse en su casa los primeros días de la semana, y todo parecía indicar que el número de asistentes crecería rápido.

Así que le solicitaba a Petros que alguien de la iglesia en Jerusalén fuera enviado por más tiempo a Cesarea a encargarse de esta nueva congregación de seguidores del Camino.

Escuchó un jarrón quebrarse en el piso abajo. No pensó que regresarían tan rápido. Seguramente Lucía era la responsable por el accidente. Aunque crecía con una velocidad impresionante, seguía siendo un poco torpe en su movilidad.

Alguien subía por las escaleras.

—Servius, ¿regresaron tan pronto? —dijo sin levantar la vista del pergamino.

La puerta se abrió.

—Pensé que se quedarían un poco más de tiem...

Cornelius se quedó helado.

No era Servius el que estaba en la puerta. Tampoco su esposa, ni alguna de sus hijas, ni sus criados.

Era Tiberius.

38

Tiberius había cambiado desde la última vez que lo vio. Una herida le desfiguraba la nariz. Había ganado peso y perdido cabello.

Pero tenía la misma mirada llena de odio.

En sus brazos fornidos cargaba una ballesta, con la flecha apuntándole al pecho y un dedo en el disparador.

Se quedaron allí por un momento, mirándose, sin decir palabra alguna.

Tiberius se lamió los labios como lo haría un felino que se prepara para saltar sobre su presa.

Cornelius rompió el silencio:

—¿A qué debo esta visita?

—Espero no te moleste que tome asiento —dijo Tiberius con voz rasposa, la voz de un hombre que ha gritado demasiado.

—Adelante. —Señaló una de las dos sillas frente a su escritorio.

Su viejo enemigo tomó la silla de la izquierda. No parecía estar nervioso. La flecha seguía apuntándolo, no al centro de su pecho, sino ahora al corazón.

De nuevo, permanecieron en silencio por un tiempo, mirándose a los ojos. Cornelius sabía bien que en su cuarto de estudio había exactamente tres armas. Una lanza en la esquina opuesta del cuarto, recostada contra la pared, la cual se encontraba completamente fuera de su alcance. Segundo, su espada romana, la cual adornaba la pared izquierda, suspendida entre dos clavos por encima de un librero. Tercero, una pequeña daga, de un palmo de longitud, en el cajón izquierdo del escritorio. Para llegar a ella, Tiberius tendría que distraerse mucho. Pero estaba seguro de que la flecha sería más rápida que su mano.

—Te conozco lo suficiente para saber que estás pensando en todas las posibilidades para salir con vida —dijo Tiberius.

Optó por no responder.

—Está bien. Inténtalo. La última vez que estuviste en una situación como esta, la suerte estuvo de tu lado. Pero no creo que los dioses te favorezcan dos veces.

—He dejado a los dioses romanos. Ahora sirvo al verdadero Dios.

Tiberius arqueó las cejas.

—Así que el rumor es cierto, ¿eh? Dejaste a los dioses de nuestra patria por el Dios de los hebreos.

—Por el Dios que mandó a Su Hijo para rescatarnos.

Tiberius negó con la cabeza.

—Siempre supe que deshonrarías a Roma. Pero nunca pensé que de esta manera.

—No creo que seas la persona indicada para darme lecciones sobre deshonrar a Roma, Tiberius.

Esta vez fue Tiberius el que no respondió. Frunció el ceño. Se acomodó en la silla.

—He esperado mucho tiempo para esto. Ahora me doy cuenta de que no debí esperar tanto. Pensé que tendrías más vigilancia —dijo—. Lo que va a pasar es esto. Primero te voy a incrustar esta flecha en el corazón. Luego voy a esperar hasta que llegue tu familia. Cuando lo haga, me cercioraré de deshacerme primero de Servius. Me gustaría darle una muerte lenta, por aquello de los dos dardos que me clavó. Pero probablemente tenga que hacerlo rápido.

»Cuando tu querido *optio* esté ahogándose en un charco de su propia sangre, seguiré con tu esposa y tus hijas. No soy un animal, no te preocupes. Lo haré rápido. Es simplemente una venganza, nada más. La espada en el vientre, o quizás cortarles el cuello. Todavía no me decido.

—Imagino que has ensayado este discurso por mucho tiempo —le dijo Cornelius impasible.

—No me avergüenza admitirlo. He saboreado esto por días y días.

—Cuando te deshagas de mí y de mi familia, no te sentirás satisfecho. Porque la venganza, querido amigo, no satisface el alma.

—¿Amigo? No soy tu amigo.

—Tampoco eres mi enemigo.

—De eso no estoy tan seguro.

—Escúchame bien, Tiberius. Lo voy a decir claramente, y si necesitas que lo repita, lo haré. Quiero que sepas que lo digo desde lo profundo del corazón.

Los ojos de Tiberius se abrieron. Claramente esperaba que Cornelius lo maldijera. Entonces podría matarlo con un grito de furia entre los dientes.

En lugar de una blasfemia, Cornelius dijo:

—*Te perdono.*

Tiberius levantó una ceja. Luego entrecerró los ojos.

—Te perdono, Tiberius. Por intentar arruinar mi vida. Por buscar la muerte de mi familia. Por matar... por matar a mi hijo. —A su mente vino el recuerdo de Maximiliano, pero en lugar de ira encontró más paz—. Te perdono— recalcó, sus ojos vidriosos.

Un silencio.

—¿Qué? ¿Perdonarme? ¿Cómo puedes perdonarme? ¿Qué clase de... qué clase de respuesta es esta?

—La única que puedo dar. He comprendido que he sido perdonado. Por todo este tiempo he buscado la venganza. Pero encontré el perdón. Encontré la redención. Si Dios me ha perdonado a mí, aun con todos mis pecados, ¿cómo no te perdonaré a ti? Por mucho tiempo pensé que esto sería imposible. Que no encontraría jamás la fuerza suficiente para perdonarte. Pero ahora me doy cuenta de que ya no es así. No sé en qué momento todo cambió. Creo que fue paulatino. Pero estoy seguro. Te he perdonado de corazón.

Tiberius se puso de pie. Su cara se puso roja y empezó a temblar. Estaba furioso. Los músculos de su quijada se movían hacia arriba y abajo.

—*No.* No acepto esto. Maldíceme.

—No te voy a maldecir. Ya te lo dije. Estás perdonado. No tengo nada contra ti. Si decides quitarme la vida, no te tengo rencor. Si decides perdonármela, nunca más te perseguiré.

—*¡No! ¡No! ¡Maldíceme y muere!*

Cornelius simplemente lo miró.

Pasara lo que pasara, todo estaba en manos de Dios. Su vida y la de los suyos estaba en las manos de Aquel que lo había comprado con la sangre de Yeshúa.

Tiberius gritó, levantó la ballesta y apuntó a su cabeza.

La puerta del cuarto se abrió.

Servius entró corriendo, blandiendo un báculo.

Tiberius se sobresaltó al escuchar que alguien se aproximaba a sus espaldas, y apretó el disparador.

La flecha surcó el aire.

39

La flecha, literalmente, le rozó la sien y se clavó en la pared detrás de él.

Aunque Tiberius giró con sorprendente rapidez, e intentó bloquear el golpe con el arma que llevaba en manos, Servius fue más rápido y le propinó con el báculo un porrazo en la cabeza con tanta fuerza que pensó lo había matado de un solo golpe.

Tiberius cayó al suelo como costal de tierra. La ballesta se le escapó de las manos. Y para sorpresa de Cornelius y Servius, balbuceó algo e intentó ponerse de pie.

Servius levantó el báculo de nuevo, listo para girarlo y darle el último golpe, pero Cornelius gritó:

—¡Detente!

Servius levantó la vista.

—No lo mates —dijo. Le dio la vuelta al escritorio y caminó hacia ellos—. Le perdonaremos la vida.

Tiberius gruñó algo y perdió el conocimiento. La sangre brotaba de su frente, pero seguía con vida.

Servius aún no había bajado el báculo, sino que este seguía en posición por encima de su cabeza.

—No, hermano mío —le dijo Cornelius—. Esta no es la manera. No lo es.

—Pero lo que hizo... lo que te hizo...

—«Amen a sus enemigos. Bendigan a los que los maldicen. Hagan bien a los que los aborrecen...».

—«Y oren por los que los ultrajan y persiguen» —terminó Servius.

Luego, al mismo tiempo, dijeron:

—«Para que sean hijos de su Padre que está en los cielos».

Silvano les había enseñado esas palabras de Yeshúa el Christós apenas dos semanas atrás. Ahora cobraban relevancia de una manera que nunca imaginaron.

Servius bajó el báculo.

—¿Mi familia? —preguntó Cornelius.

—Siguen en la playa. Yo regresé porque su señora me pidió que lo hiciera.

—¿Por qué?

—No me dijo. Solo me pidió que te viniera a buscar.

—Alabado sea el nombre de Adonai.

—¿Qué hacemos con él?

—Atémoslo, y lo llevaremos a las autoridades. Ellos se encargarán de juzgarlo. Si tengo que adivinar, su pena será fuerte. Pero serán las autoridades quienes lo juzguen, nosotros no.

Un par de horas después llegó un escuadrón de soldados romanos y se llevaron a un Tiberius, quien todavía no podía creer que cuando recobró el conocimiento, Vesta, la madre del joven que él había asesinado, le atendía la herida en la cabeza.

———————

El juicio en contra de Tiberius se llevó a cabo algunos meses después. Citaron a Cornelius para dar testimonio en contra del que había sido, tiempo atrás, un centurión romano.

Aunque había pasado poco tiempo desde su arresto, Tiberius se presentó delante del juicio, delgado y encorvado. Tenía la vista nublada, y no respondió a las preguntas que le hicieron.

Cornelius se limitó a dar testimonio de las cosas que había visto y oído, además de testificar que él era el responsable por la muerte de su hijo. No agregó ni quitó a su testimonio. Se esforzó por decir la verdad.

Servius también dio testimonio delante del juez. El juicio duró, en total, tres sesiones.

Al final, Tiberius fue juzgado por las leyes de las «doce tablas romanas», y fue encontrado culpable de traición, sedición, y asesinato, entre otros crímenes. Fue condenado a morir degollado por espada en una celda.

Cornelius hizo todo lo posible por visitar a su antiguo enemigo en el calabozo, pero el juez dictaminó que, por ser reo de muerte, se le permitiría aceptar o rechazar visitantes. Tiberius rechazó la visita de Cornelius, aunque lo intentó en tres ocasiones.

Señor: pongo la vida de mi antiguo enemigo en Tus manos, oró Cornelius.

Una noche particularmente ventosa, cuando las niñas y su esposa ya estaban en cama en el segundo piso, y Cornelius abajo se terminaba de comer un pedazo de queso y unas nueces, Servius entró.

—Tiberius fue ejecutado hoy —dijo Servius.

El centurión no pudo evitar emocionarse y que los ojos se le llenaran de lágrimas.

—Fue la voluntad del Señor —respondió.

—Así es.

—Gracias por decirme. No pensé que me sentiría de esta manera. Por un lado, siento paz. Por el otro lado, tristeza.

—Usted lo dijo: la voluntad del Señor.

Cornelius asintió, lentamente.

—Buenas noches, hermano —dijo Servius.

—Buenas noches, hermano.

Cornelius salió. El cielo estaba nublado. El aire frío corría con fuerza. Podía escuchar el mar a lo lejos, rugiendo. Se quedó allí un rato, meditando.

Alzó la vista.

Has tenido misericordia de mí. No sé por qué tienes misericordia de algunos, y con otros actúas con juicio. Tus pensamientos me son ocultos. Pero una cosa sé: Tus juicios son justos y verdaderos, y Tu amor es completo y absoluto. Gracias por haber tenido misericordia de mi familia. Gracias porque ahora nos has dado paz.

Levantó las manos al cielo y oró en voz alta:

—En esta noche hago voto y dedico mi vida por completo a ti.

Epílogo

Siete años después.
47 d. C.
Puerto de Seleucia en Piera, a un día de camino
de Antioquía, sede de la Iglesia cristiana...

Era un día perfecto para hacerse a la mar.

—Juan Marcos, quiero que revises bien que tengamos todas las provisiones —dijo un hombre de tes curtida y mirada bondadosa.

Juan Marcos, un joven fuerte, que preparaba las cosas dentro del barco, contestó:

—No se preocupe, tío Bernabé. Tendré todo listo.

—Solo porque hayas sido discípulo de Petros no significa que no te exigiré como debe ser —respondió Bernabé con una sonrisa.

—No esperaría nada menos de usted, tío.

—No sé qué pensar de que tengamos a dos hombres de letras entre nosotros —dijo Bernabé echándole el ojo a otro hombre que dentro del barco supervisaba el estado de las velas.

—A mí me gustan las letras —dijo Marcos—, pero Lucas es médico. Los médicos tienen fama por ser pésimos marineros.

El hombre llamado Lucas lanzó una carcajada.

—Pero vaya que nos necesitan, ¿no?

—¡Eso sí! —dijo Bernabé.

No eran los únicos en el barco. Otros hombres también estaban allí preparando todo para hacerse a la mar.

El barco y los tripulantes habían sido financiados por un hombre llamado Teófilo, del cual se sabía poco, excepto que era un hombre adinerado seguidor del Camino de Yeshúa.

Marcos apuntó hacia dos hombres que caminaban por el muelle a su dirección:

—Allí viene Pablo.

Todos dejaron lo que hacían y salieron para recibirlo. Era un hombre de baja estatura, pero de brazos fuertes. Se notaba que era alguien que sabía trabajar con sus manos. Sus ojos cafés eran penetrantes, como los de un águila. Llevaba puesta una túnica sencilla, y un báculo en la mano.

Miró a todos y dijo:

—Quiero presentarles a un hombre que hará este viaje misionero junto con nosotros. —Puso la mano sobre el hombre que lo acompañaba—. Su nombre es Cornelius.

Cornelius inclinó la cabeza.

—Es un gusto poder viajar junto con ustedes, hermanos.

—¿Cornelius? —dijo Lucas, con curiosidad—. ¿El centurión?

—Fui centurión. Me he retirado para dedicarme por completo a la obra del Señor entre los gentiles.

—¿No fue usted el centurión que comandó la compañía «Italiana»? ¿Famoso por las campañas con el general Germánicus? —agregó Lucas.

—Todo eso palidece en comparación al privilegio de estar entre ustedes.

—Cornelius viajará con nosotros junto con Servius, quien fue compañero de Cornelius por muchos años —dijo Pablo—. Será de vital importancia tener a varios gentiles entre nosotros, pues estaremos predicando a los gentiles.

—Bienvenido a nuestro equipo, hermano —dijo Marcos.

—Muy bien —dijo Pablo—. Preparemos todo para salir cuanto antes.

Inmediatamente se pusieron a trabajar.

Servius llegó una hora después cargando una canasta con provisiones que Pablo le había pedido que comprara.

Antes de zarpar, los hermanos se arrodillaron dentro del barco, y cada uno de ellos oró al Señor por turno, para que bendijera este primer viaje a predicar el evangelio a judíos y gentiles más allá del mar.

Habiendo orado, partieron.

Cornelius y Servius habían sido encargados de la cocina, y comenzaron por guardar todas las cosas en su lugar apropiado.

Mientras lo hacían, Cornelius dio gracias a Dios por este privilegio. Antes, ser el encargado de la cocina hubiera sido un insulto. Él había comandado varias veces barcos cuatro veces más grande que este.

Pero su corazón rebosaba de gozo.

Despedirse de su esposa y sus hijas había sido difícil, pero ellas estaban igual de felices que él. Además, el viaje sería solo por un tiempo.

—¡Tendrás la oportunidad de compartir con otros de Yeshúa! —le dijo Maximilia.

—¡Y viajar junto con Pablo! —dijo Lucía.

Sí, con Pablo. ¡Aquel que comenzaban a llamar el «apóstol a los gentiles»!

—Te amamos —le había dicho su esposa—. Pero amamos más a Yeshúa. Proclámalo a donde quiera que vayas.

Servius se limpió las manos en un delantal y puso las manos en la cintura:

—Míranos aquí, preparando comida.

—Prefiero esto a estar allá arriba, ¿no?

Se rieron.

—No tardaremos mucho en llegar a Chipre —dijo Servius.

—No. Será un viaje corto a la isla. ¿Y qué nos esperará allí? ¿En Chipre, en Panfilia, en Galacia, en Capadocia...?

—Solo Dios lo sabe —contestó su fiel compañero mientras afilaba un cuchillo.

Cornelius pensó que estaba embarcándose en una nueva guerra. Pero esta sería una guerra distinta a todas las que había peleado. Ahora, se embarcaba en una guerra espiritual. Y mientras que las múltiples guerras que había librado en su vida lo llenaban de euforia, lo que sentía en este momento era diferente.

Se sentía lleno de gozo.

Fin

Detrás del teclado

Una nota al lector

Algunos lectores querrán saber cuál fue la idea detrás de una novela como esta. Nunca sé de dónde puede venir una idea para una historia, pero en el caso de *Cornelius,* puedo identificar dos fuentes. La primera es un detalle que cuenta Lucas: «Había en Cesarea un hombre llamado Cornelio, centurión de la compañía llamada la Italiana» (Hechos 10:1, RVR60). Siempre me ha parecido fascinante ese pequeño detalle: «centurión de la compañía llamada la Italiana». ¿Por qué habrá Lucas incluido ese aparente pormenor? Quiero pensar que probablemente dicha compañía era de renombre, y que ese dato sorprendería a los primeros lectores de libro de los Hechos.

La segunda idea vino de una línea que tanto Mateo (27:54) como Marcos (15:39) repiten, a saber, el centurión que delante de la cruz exclama: «Verdaderamente este hombre era hijo de Dios». Entonces vino a mi mente una pregunta: ¿Qué si ese centurión frente a la cruz fuera el centurión Cornelio? Por supuesto, este es un uso de la imaginación, puesto que de ninguna manera afirmo que así fue. Sin embargo, eché a volar mi imaginación, y lo que surgió fue la novela que acabas de terminar.

Si has disfrutado esta lectura, me encantaría escuchar de ti. Puedes escribirme al ir a www.emanuelelizondo. com y dar clic en la pestaña de «Contacto». De la misma manera, no sabes lo mucho que ayuda cuando un lector deja una reseña sincera en una plataforma digital. Aunque toma poco tiempo hacerlo, ayudará a que otros lectores encuentren este libro. Pero por supuesto, nada mejor como recomendar algo de boca en boca.

Finalmente, te agradezco por viajar conmigo a la tierra de Judaea. Espero hayas disfrutado leer esta historia tanto como yo disfruté escribirla. Ojalá no sea la última vez que hagamos un viaje juntos.

Emanuel Elizondo
Monterrey, México
Febrero 2022